Fun Home   A Family Tragicomic

펀 홈   가족 희비극

앨리슨 벡델 글그림

이현 옮김

OOMZICC
PUBLISHER

엄마와 크리스천, 존에게.

많은 일이 있었지만

그래도 즐거웠어요.

목차
연관 텍스트

1장

먼 옛날의 아버지, 고대의 장인*

* Old father, old artificer. 제임스 조이스의
<젊은 예술가의 초상> 중 스티븐 디덜러스의 말.
디덜러스는 그리스 신화 속 이카로스 아버지이자
전설의 장인 '다이달로스'에게서 따온 이름.

여느 아버지들처럼
아버지도 내가 조르면 '비행기'를 태워 줬다.

아버지가 날 들어 올리면
온몸의 무게가 배 한가운데에 쏠렸다.

불편한 자세였지만 모처럼 한번 있는 아버지와 나의 스킨십이었다.
심지어 완벽한 균형을 이루는 순간에는 아버지 위로 날 수도 있었다.

(책 표지) 안나 카레니나, 톨스토이

신화 속 이카로스의 최후를 생각한다면 이런 비유는 퍽 음울한 농담인 셈이다.
이카로스는 아버지의 충고를 무시하고 태양 가까이를 날다 밀랍 날개가 녹아 추락했으니.

다만 아버지는 그 전에
제법 많은 일을 벌였다.

아버지의 가장 위대한 업적은 틀림없이
낡고 오래된 우리 집을 편집광적으로 복원한 일이
아닐까 싶다.

동네 애들이 우리 집을 저택이라 부르면
나는 부인했다. 우리 가족이 부자이거나
특이하다고 여기는 것 같아 싫었던 것이다.

사실 좀 특이하긴 했다. 어떤 점이
특이한지 알게 된 것은 훨씬 나중 일이다.
하지만 분명히 부자는 아니었다.

테두리를 둘러친 금박 몰딩, 대리석 벽난로, 크리스털 샹들리에,
가죽 장정 책들이 빼곡하게 꽂힌 책장. 여기서 돈을 주고 산 물건은 별로 없다.
대부분 아버지가 손재주를 부려 뚝딱 만들고 꾸민 것이었다.

아버지의 손이 닿으면 쓰레기도……

황금이 되었다.

살짝만 건드려도
방 분위기가 새로워졌다.

페인트 색 하나로도 빅토리안 양식 인테리어를
완성하는 마법을 부렸으니까.

아버지는 형상의 연금술사, 치장의 천재, 실내 장식계의 다이달로스라 할 만했다.

아버지는 이카로스이자 다이달로스였다.
재주 좋은 장인이며
미궁 라비린토스를 설계하고
아들에게 날개를 만들어 준
미치광이 과학자.

사회 규범을 무시한 채
자신의 장인 정신만을 좇은 사람.

옛 건축물을 복원하는 일이 아버지의 직업은 아니었다.

(표지) 건축 잡지

그저 아버지의 정열 자체였다. 정말 온갖 의미의 정열*.

* passion. 영어에서 정열(passion)은 그리스도의
  수난을 가리키기도 함.
** libido. 성적 에너지. 생명의 에너지.

고딕 양식의 우리 집이 지어진 해는 1867년, 펜실베이니아 주의 한 작은 마을이 목재 공업으로 반짝 흥했던 시기였다.

그 뒤로 마을의 운은 차츰 기울었고, 1962년 우리 부모님이 사들일 즈음에 이 집은 뼈대만 겨우 남아 있었다.

벽을 뒤덮은 우둘투둘한 지붕널. 어디로 사라지고 없는 소용돌이무늬 장식과 덧문.

알만 남은 전구를 켜자
우중충한 벽지와 연녹색 목조가 드러났다.

황금기의 영광을 간직한 것이라곤
화려한 현관 장식뿐.

하지만 아버지는 이 낡고 해진 집을 원상태로, 아니 그보다 낫게 복원해 냈다. 무려 18년에 걸쳐서.

이럴 수가!
이건 원조 박공널 장식이
틀림없어!

아버지는 다이달로스처럼 눈부신 기교를 뽐내는가 하면,

황량한 마당을 가꿔……

꽃과 수풀이 어우러진 정원을 만들었고,

500kg에 이르는 널돌이나

얇디얇은 금박을 거침없이 다뤘다.

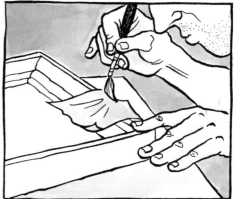

어쩌면 여기까진 낭만적인 이야기로 들릴 수도 있겠다. 영화 <멋진 인생>에서 지미 스튜어트와 도나 리드가 낡은 집을 수리해 단란한 가정을 꾸린 것처럼.

하지만 어느 밤,
집에 돌아온 지미 스튜어트가
가족에게 고함치면…

…일상에 금이 가는 것이다.

다이달로스 또한 자신의 작품으로 상처 입을
사람들 마음은 아랑곳하지 않았다.

예컨대 다이달로스는 흰 황소를 유혹하려던 왕비에게 분별 없이 나무로 암소를
만들어 주었고, 그 결과 자신을 믿고 아껴 주는 왕을 배반하지 않았던가.

실은 다이달로스 최고 걸작이 나무 암소 사건으로
탄생했다. 왕비가 반인반수 괴물을 낳았기 때문이다.

괴물 미노타우로스는 길과 길, 방과 방이
서로 끝없이 이어진 미궁 라비린토스에 갇혔다.

괴물에게 제물로 바쳐진 젊은이들은
목숨 걸고 미궁을 헤맸지만…

…탈출은 불가능했다.

그때 이카로스의 날개가 만들어진다.
아들이 바다로 추락했을 때
과연 다이달로스는 슬픔에 빠졌을까?

아니면 그저 자신의 실험이
실패한 것에 실망했을까?

때때로 아무 일 없이 평온한 날에는
아버지도 우릴 보며 흐뭇해했던 것 같다.

적어도 자녀들과 오순도순 꾸린
아늑한 가정 같은 분위기를 말이다.
아이들이 함께 있다는 건
그런 느낌을 주니까.

물론 동생들과 나는 공짜 노동력도 제공했다.
아버지는 우리를 당신 몸의 일부처럼 다뤘다.
마치 정교하게 만든 로봇 팔처럼.

개수대에 있는
뜨거운 비눗물 좀.
깨끗한 천도 가져오고.

그럴 때 우릴 다룬 사람은
지미 스튜어트가 아니라 살림의 여왕
마사 스튜어트라고 해야 할까.

얼핏 어머니와는
손발이 잘 맞을 듯 보였지만

이 가스식
샹들리에 어때?

매음굴
같겠네.

AUCTION
CATALOG

현실은 달랐다.

가족들은 각자 나름대로 맞섰지만 아버지의 맹렬한 기세 앞에
하나같이 무릎을 꿇을 수밖에 없었다.

동생들과 나는 석유 램프와 장식 촛대, 세련된 헤플화이트 의자와
겨루어 이길 수 없었다. 가구들이야 흠잡을 데가 있겠는가.

나는 자식을 가구처럼, 가구를 자식처럼 다루는
아버지의 태도에 분개하며 자랐다.

소박하고 기능적인 것을
선호하는 성향도 일찍부터 생겼다.

아버지가 아테네인이라면 나는 스파르타인이었고,

(책 표지) 누드의 미술사, 케네스 클라크

아버지가 빅토리안 양식이라면 나는 모던 양식이었고,

아버지가 넬리라면 나는 부치였으며,*

아버지가 심미주의자라면 나는 실용주의자였다.

* nelly는 소위 여자 같은 남자, butch는 소위 남자
  같은 여자를 뜻함.

나는 쓸모없는 장식들을 경멸했다.
치렁치렁한 술이며 소용돌이무늬며 아기자기한
장식품이 많아 봤자 다 무슨 소용이람?

황색 손톱
증후군
유발

괜히 쓰임새만 헷갈리고,
죄다 겉치레였다.

찰랑
찰랑
PLING
KLINK

전부 가식이라고.

아버지에게 비밀이 있다는 것을 알기 훨씬 전부터
나는 아버지가 도덕적으로 미심쩍었다.

엄마가 빨리
오래요.

색조 화장품

아버지는 물건을 만들 때만 솜씨를 부린 게 아니었다.
없는 걸 꾸며 낼 때도 그랬다.

성당 가기 전에
미사 다 끝나겠어.

이를테면 완전무결하게
보이도록 말이다.

겉으로 보면 아버지는 이상적인 남편이자 완벽한 아버지였다.

우리 가족은 완전 엉터리였다 말하고 싶다.

우리 집은 진짜 집이 아니고 박물관처럼 잘 만들어진 모조품이었다고.

그럼에도 우리는 진짜 가족이었고 저택 또한 우리가 정말로 살았던 집이었다.

결정적인 뭔가가 빠져 있었지만.

일종의 융통성, 실수를 받아들이는 여유랄지.

대부분 사람들은 아마도 자신이
완벽하지 않다는 사실을 받아들일 것이다.

하지만 아버지는 아침을 먹으면서 동생이
생각 없이 던진 말에도 심각해지는 사람이었다.

어머니는 규칙을 정했다.

아버지에게 어떤 평도 할 수 없다면 애정 표현은 한층 위험한 모험일 터.

예상하겠지만 우리 가족은 서로 스킨십이 거의 없었다. 그런데 하루는 왠지 불쑥 아버지한테 굿나잇 키스를 하고 싶어졌다.

(책 표지) 베니스의 돌, 존 러스킨

굿나잇 키스를 해 본 적이 도통 없던지라
나는 아버지의 손가락 마디에 겨우 입술을 댔다.

마치 아버지가 중세 가톨릭 주교나 우아한 귀부인이라도
되는 양. 그러고는 창피해져서 얼른 도망쳐 나왔다.

내 창피함은 아버지가 은밀하게 품었던
자기혐오의 축소판 같은 감정이었다.

아버지의 수치심은 집 안 곳곳에 스며 있었다.
오래된 마호가니 가구에서 나는 사향 냄새처럼
눈에 보이진 않지만 또렷이 느껴졌다.

사실 이 집의 정교한 빅토리안 인테리어 자체가
감정을 숨기기 위해 설계된 것이었다.

거울이며 요란한 동상들, 몇 번씩 꺾이고 이어지는
복도까지. 손님들이 층계참에서 길을 잃는 일은 흔했다.

어머나, 하마터면
거울인 걸 모르고
들어갈 뻔했네!

어머니와 동생들, 나는 물론 길을 잃진 않았다. 하지만 미궁의 모퉁이를 돌았을 때
괴물과 마주치지 않을지 미리 알 수 있는 방법은 없었다.

가끔 정말 좋은 순간도 있었다.
아주 좋았기에 오히려 긴장의 끈을 더
놓을 수 없었지만.

아버지는 성낼 때 어두운 만큼
다정할 땐 눈부신 사람이었다.

(책 표지) 호기심 많은 아이들에게 들려주는 이야기, 러디어드 키플링

아버지의 단점을 줄줄이 늘어놓을 수 있는데도
아버지에게 계속 화를 내긴 어렵다.

아버지는 이미 세상을 떠났으니까. 또 어머니보단
아버지에게 기대하는 바가 적기 때문일지도.

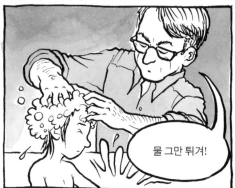

어머니가 날 씻겨 준 횟수는 수백 번도 넘을 것이다. 하지만 아직도 뇌리에 가장
뚜렷이 남아 있는 것은 아버지가 보라색 금속 컵으로 씻겨 준 기억이다.

…멈추는 순간 맞닥뜨렸던, 참을 수 없는 한기.

좋은 아버지였냐고? 글쎄, "적어도 곁에 있어 주긴
했지."라고 말하고 싶은데 아버진 그렇지 않았다.

물론 아버지가 자살한 건
내가 스무 살이 다 돼서긴 하지만

아버지의 부재는
우리가 함께 있었던 모든 순간을
다시 떠올리게 했다.

팔다리를 절단한 사람이 사라진 부위에 여전히 통증을 느끼는 것과 정반대의 경우일 것이다.

아버지는 줄곧 거기에 있었다.
벽지를 바르고, 묘목 심을 땅을 파고,
지붕 장식에 윤을 내고…

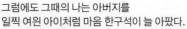

…톱밥 냄새와 땀 냄새,
독특한 향수 냄새를 풍기면서 말이다.

그럼에도 그때의 나는 아버지를
일찍 여읜 아이처럼 마음 한구석이 늘 아팠다.

2장

행복한 죽음

사실 아버지가 자살했다는 증거는
어디에도 없다.

모두들 사고사로 여겼다.

(신문) <더 익스프레스> 1980년 7월 3일, 목
펜실베이니아 주민 트럭에 치여 숨져

죽음은 확실히 아버지의 신묘한 솜씨, 완벽한 작전이었다.

믿을 수가 없구나.
그 좋은 사람이 가다니.

증거는 없지만 짐작 가는 정황은 있다.
예컨대 아버지가 사망하기 보름 전,
어머니가 이혼을 요구했다는 점이라든가.

그즈음 아버지는 카뮈의 <행복한 죽음>을
읽고 있었는데, 그 책이 보란 듯이 집 안에
굴러다녔다는 점을 들 수 있겠다.

정말 좋은
사람이었어.

(신문) <더 익스프레스> 1980년 7월 1일, 화
레이건, 부시 경선 출마에 의혹 제기 / 대법원, 하이드 헌법 수정 조항 지지:
낙태 제한 변동 없어 / 남서부 무더위 지속: 밀농사 우려

카뮈의 첫 소설로 폐결핵에 걸린 주인공이
그다지 행복하지 않은 죽음을 맞는 이야기다.
아버지는 한 문장에 밑줄을 쳤다.1)

하지만 아버지는 늘 뭔가를 읽고 있긴 했다.
사망하기 직전 해에는 프루스트의 책들을 독파했다.
그때부터 자살 가능성을 염려해야 했을까?

> spared him a great deal of loneliness. He had been
> unfair: while his imagination and vanity had given
> her too much importance, his pride had given her
> too little. He discovered the cruel paradox by which
> we always deceive ourselves twice about the people
> we love – first to their advantage, then to their dis-
> advantage. Today he understood that Marthe had
> been genuine with him – that she had been what she
> was, and that he owed her a good deal. It was be-
> ginning to ra ... s of
> the street; t ... raw
> Marthe's sudd ... by
> a burst of gratitude he could not express – in the old

부모님의 결혼을
한 줄로 간추린 문장.

그게 과연 자포자기했다는 암시였을까? 왜, <잃어버린 시간을 찾아서>를 더는 읽지 않게 될 때
중년에 이른다는 말도 있으니. 또 어떤 책엔 여백에 메모가 남겨져 있다.2)

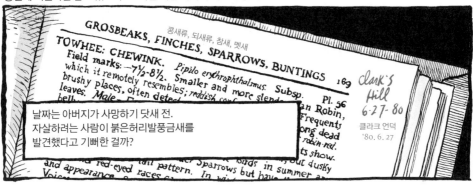

날짜는 아버지가 사망하기 닷새 전.
자살하려는 사람이 붉은허리밭풍금새를
발견했다고 기뻐한 걸까?

어쩌면 이혼 문제로 마음이 흐트러져
트럭을 못 봤을 수 있다. 한눈팔다 사고를
당하는 일은 흔하니까.

하지만 모두 핑계일 뿐이다.
난 아버지의 사망이 사고라 믿지 않는다.

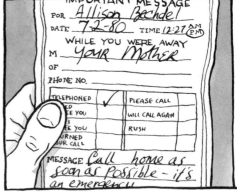

1) 깊은 고독에서 그를 구해 주었다. 한데 그는
그만큼 하지 못했다. 그는 상상력과 허영심으로
그녀를 과대평가한 것만큼 자만심으로 그녀를
제대로 평가하지 못했다. 인간은 그 어떤 잔인한
역설로 인해 스스로 사랑하는 존재들을 처음엔
이로운 방향으로, 다음엔 해로운 방향으로

항상 두 번 잘못 판단하게 된다는 것을
그는 실감했다. 오늘에야 그는 마르트가
자신을 있는 그대로 보여 주었다는 것,
그런 점에서 그녀에게서 얻은 것이 많음을
깨달았다.(참고 알베르 카뮈 지음, 김화영
옮김, <행복한 죽음>, 책세상, 1998, 165p)

2) 붉은허리밭풍금새: 토히새 (학명: Pipilo
erythrophthalmus.) 아종. 특징:
몸길이 19.5~21.6cm. 울새와 생김새가
비슷하지만 보다 작고 날씬하다.
불그스름한 덤불이 우거진 곳에서 자주
발견된다.

학교에서 다섯 시간쯤 차를 몰아 집에 돌아왔고
모두가 잠든 뒤 어머니와 단둘이 이야기를 나눴다.

오벨리스크 형태인 아버지의 묘비는
새로 넓힌 묘지 가장자리에 세워졌다.
볼품없는 비석들 가운데 단연 눈에 띄는,
시대를 잘못 타고난 묘비.

아버지는 실제로
오벨리스크를 수집했었다.
그중 가장 아끼던 것은
옥으로 만든 서재 방문 받침대.

아버지의 마지막 오벨리스크는
공동묘지의 다른 오래된 묘비처럼
반들반들하고 화려한 대리석이 아니었다.

어머니는 묘비를 만드는
석공의 고집을 꺾을 수 없었다.

대리석은 오래 못 갑니다.
십 년 이십 년 지나면
이끼가 끼고 부식되죠.
화강암이 나아요.

STRECK
Monuments

화강암은 훤칠하고, 단단하고……
뭐, 다른 생명도 살지 않는다.

BRUCE ALLEN
BECHDEL
1936 —— 1980

고향 지도를 펼쳐 놓고
반경 1.2km 원을
그리면 아래 네 가지가
모두 들어간다.

(A) 아버지의 무덤

(B) 아버지가 죽은
150번 도로,
아버지가 손보던
낡은 농가 근처

(C) 아버지와 어머니가
우릴 낳고 키운 집

(D) 아버지가 태어난
농장

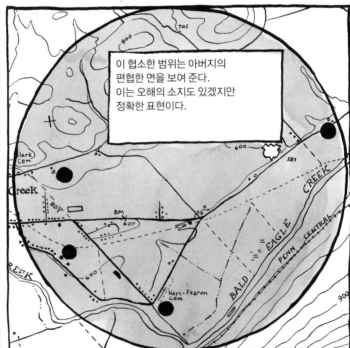

이 협소한 범위는 아버지의
편협한 면을 보여 준다.
이는 오해의 소지도 있겠지만
정확한 표현이다.

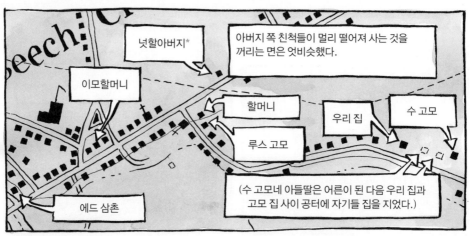

하지만 아버지처럼 도회적이고
실내 장식과 예술에 병적으로 집착하던 사람이
왜 이 조그마한 시골 마을을 떠나지 않았는지는
지금도 수수께끼다.

또 뉴욕에서 연기를 배웠던
세련된 엄마가 왜 남편의 친척들과
가까이 부대끼며 살았는지는
더더욱 불가사의다.

동생들과 나는 사촌들의 실수를 되풀이해선 안 되었다.

* 친할머니의 남자 형제.

한때 부모님은 유럽에서 함께 지냈던 적이 있다.
아버지의 군 복무 시절,
부대가 유럽에 주둔했기 때문이다. 어머니는
아버지와 결혼하려고 그곳에 건너갔다.

두 분은 아버지가 제대하기 전까지
일 년 정도 서독에 살았다.
아마도 꽤 화려하게
외국 생활을 즐긴 모양이다.

(책 표지) 양철북

하지만 할아버지가 심근경색에 걸리면서 상황은 달라졌다.
아버지는 고향으로 돌아와 가업을 이어야 했다.

벡델? 자네 누나한테
연락이 왔어.
집에 전화해 보게.

엄마는 나를
임신함

가업이란 곧 증조할아버지 에드거 T. 벡델이 시작한 장의사 일이다.

증조할아버지

할아버지

첫 영구차, 1922년

예정에 없던 귀향은 부모님에게
잔인한 타격이었다. 어머니는 아버지
집에 오자마자 나를 낳았다.
(작은 간판) 벡델 장례식장

얼마간은 병상에 누운 할아버지,
할머니를 모시고 '장례식장(FUNERAL
HOME)'에서 살았고

일 년이 채 못 되어 우리는 평범한 농가 주택을 빌려 이사했다.
그곳에서 동생인 크리스천이 태어났다.

아버지는 고등학교 영어 교사 일을 시작했다.
마을 인구가 적어 장의사 일만으론 수입이 부족했기 때문이다.

고딕식 주택으로 이사를 오고
막내 존이 태어났을 무렵, 부모님 뇌리에
유럽은 이미 지워지고 없었다.

내가 <애덤스 패밀리>와 우리 가족을
헷갈리기 시작한 것도 그즈음이다.

글자를 떼기 전부터
나는 만화 <애덤스 패밀리>를
즐겨 봤다.

글은 읽지 못했다. 변두리 집의 평화로운 삶을 아이러니하게 그려 낸 내용 또한
잘 이해하지 못하긴 마찬가지였다. 하지만 높고 어두컴컴한 천장과 벽지가 벗겨진 방,
오싹해 뵈는 말총 장식품들은 무척이나 낯익었다. 우리 집 모습과 똑같았던 것이다.

그중 음울한 분위기의 대사 없는
장면이 눈에 들어왔는데…

…수심에 잠긴 소녀의 입에서 실이 나와
마룻바닥까지 이어지는 오컬트풍 그림이었다.

소녀 옆에 있는
램프가
내 방 램프와
똑같았다. 아니,
사실 그 아이가 그냥
너무 나 같았다.

초등학교 1학년 때
찍은 출석부 사진을
놓고 보면 소름 끼칠
정도다.

아버지가 억지로 입힌
까만 벨벳 치마 탓에
난 꼭 누구 장례식에
참석한 아이 같았다.

피부가 창백하고 머리숱이 풍성한 어머니는
만화 속 엄마 모티시아와 쏙 빼닮았고,

무더운 여름밤이면 박쥐가
거실 창문으로 날아드는 일도 흔했다.

하지만 무엇보다 비슷한 건
우리 집의 가업과…

…환경에 무감각해지는
우리들 태도였다.

장례식장(Funeral Home)은 큰길가에 있었다.
우리끼린 줄여서 '펀 홈(Fun Home)'이라고 불렀다.*

집 앞쪽이 할머니 댁.
뒤쪽이 사업장이었다.

세 살 무렵 할아버지가 관에 누워 계신 모습을 본 기억이 있다.
나로선 당연한 요구를 한 것인데 어른들이 재밌다는 듯 웃었던 기억도 떠오른다.

아버지는 자기 취향대로 장례식장을 다시 꾸몄고, 방 창문마다 칙칙한
벨벳 커튼을 달았다. 덕분에 햇볕이 쨍쨍한 날에도 집 안 분위기는 엄숙했다.

* Fun Home. 재미난, 웃기는, 기이한, 괴상한,
  수상쩍은, 괴짜의 집 등 중의적인 의미를 담음.

'펀 홈'에서 동생들과 나는 허드렛일을 잔뜩 해야 했다.
대신 거기엔 흥미로운 놀잇감도 널려 있었다.

관 속은 출입 금지 구역이었지만

암모니아가 든 용기도 있었다.

암모니아는 슬픔과 충격으로 까무러친
사람들을 깨울 때 쓰려고 놔둔 것이었다. 아쉽게도
그런 일은 한 번도 일어나지 않았지만 말이다.

(약품) 브루스 A. 벡델 장례식장 / 펜실베이니아 주 비치 크리크 16822 / FAINTEX® / 암모니아 용기
주의 : 용기 및 내용물을 어린이의 손이 닿지 않는 곳에 보관하십시오.

새 관이 배송되면 쇠사슬로 들어 올려
차고 이 층에 있는 진열실로 옮겨 놨다.

진열실은 시신을 안치하지 않았을 때에도,
웅장한 무덤처럼 느껴졌다. 마치 다른 세계처럼.

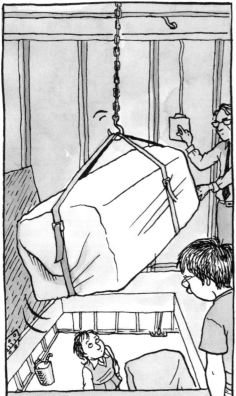

우리는 주로 방과 후에
쓸쓸한 석양빛을 받으며 진열실에서
관을 열었다.

방 안에 진한 삼나무
향이 감돌았다.

그곳에도 벨벳 장막을 둘러쳐 놓아 바깥 소음은
거의 들리지 않았다. 꼭 시간이 멈춘 장소 같았다.

Burial Wear

발아래 놓인 난방기 열선에선 듣기 싫게 울리는
소리가 났다. 마치 혼령의 소리를 옮기는 것처럼.

절대 혼자 있고 싶은 곳은 아니었다.

반면 장례식장에서 밤을 보내는 게
특별히 무섭지는 않았다. 심지어 시신이
안치되어 있는 날도 그랬다.

동생들과 나는 할머니와 같이 잘 때가 많았다.

할머니는 손주들을 조용히 시키려고
손전등으로 천장을 비춰 벌레를 찾게 하곤 했다.

우리가 벌레를
가리키면, 할머니는
'홍개미'나
'불개야미'처럼
통 알아들을 수 없는
종 이름을 대며
빗자루 끝에 씌운
걸레로 꾹
찌부러뜨렸다.

'벌레 찾기'가 끝나면
우린 할머니께 이야길
해 달라고 졸랐다.
'아버지 이야기'라고 해야겠다.
할머니가 쌍둥이를
유산한 이야기며,
고모가 벌레를 삼킨 이야기 등
많은 이야기가 있었지만
우릴 사로잡은 이야기는
따로 있었다.

아빠가 진흙에 빠진
이야기요!

그래, 있어 봐.
보채지 말고.

옛날 옛적에
니들 아빠가 애기일 적에
길을 잃어버린 적이 있었어.

"그때 너희 아버진 우리 막내 존보다 어렸단다.
세 살쯤 되었나. 날은 따스하니 봄이었지."

"밭갈이철이라 땅이 질척질척했어. 어린 것이 멋모르고 밭엘 들어간 거야.
그러니 얼마 안 가 그 쪼그만 다리가 밭에 폭 빠져 버렸지."*

* 할머니는 미국 북동부 펜실베이니아 지역
변두리 사투리를 씀. 펜실베이니아 주는
대륙성 기후로 여름엔 덥고 습하며 겨울엔
눈이 많이 내림.

"마침 그때 집배원인 모트 씨가 우편물을 차에 싣고 지나는 길이었는데, 멀리 무슨 작은 점 같은 게 보였대. 그게 바로 너희 아버지 브루스였어."

집배원 아저씨가 아빠를 못 봤으면요?

아빠 죽었을까요?

글쎄다. 할머니도 모르겠구나. 어쨌든 모트 씨는 질퍽질퍽한 진흙밭을 걸어 브루스에게 가 봤단다.

"브루스를 힘껏 들어 올렸는데, 발이 얼마나 깊이 빠졌던지 신발은 남고 발만 쏙 벗겨지더란다."

(난 모트 씨가 집배원인 걸 알았지만 항상 머릿속엔 우유 배달부가 떠올랐다. 위아래가 모두 하얀 죽음의 신처럼 보였다.)

"모트 씨는 양말 바람인 너희 아빠를 데려왔지.
할미는 부엌에서 너희 아빠 옷을 홀랑 다 벗겼고."

이야기는 여기부터 기이한데, 꼭 그림 형제 동화의 절정 부분 같다.

할머니가 말하는
오븐은 당연히 불 꺼진
화덕을 가리켰다.
하지만 우린 당시에
할머니가 새로 마련한
오븐을 떠올렸다.
쇠꼬챙이도 시뻘겋게
달구는 현대식 오븐.

아무리 들어도 안 질리는 이야기였다.

낮에 보는 아버지는 알몸 바람으로
화덕에 갇혀 꼼짝 못하는 모습이 잘
그려지지 않는 사람이었다.

할머니가 아버지의 장례용 위생복
끈을 뒤에서 묶어 줄 때에야 그나마
이야기 속 아이와 겹쳐 보였다.

바로 해. 우는소리
하면 일 더 시킨다.

아버지가 작업하는 곳은
시체를 방부 처리하는 안쪽 방이었다.

살균제와 방부제 냄새로 가득한 방.
중앙엔 에나멜을 입힌 작업대가 놓여 있었고
벽에는 흥미로운 그림이 붙어 있었다.

(그림) 동맥, 정맥, 신경계

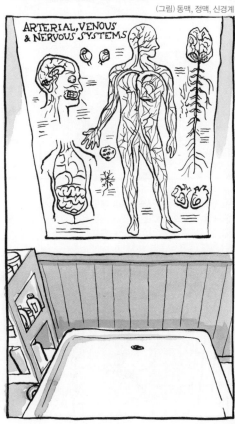

ARTERIAL, VENOUS
& NERVOUS SYSTEMS

난 보통 수의를 입혀
관에 안치하기 전에는
시신을 볼 일이 없었다.

앨리슨!

그런데 하루는
아버지가 날 불렀다.

작업대 위엔 아버지가 평소 다루는 마른 노인의 시신이 아닌,
살집이 좋고 수염이 덥수룩한 남자가 누워 있었다.

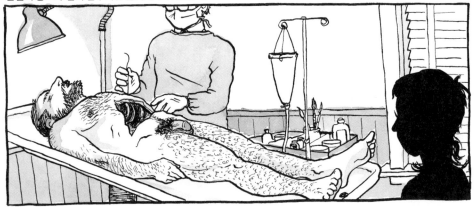

괴상한 덩어리처럼 생긴 생식기도 충격이었지만,
그보다 눈길을 사로잡은 건 흉부였다.
컴컴한 동굴처럼 불그스름하게 입을 벌린 가슴.

마치 시험처럼 느껴지는 일이었다.
어쩌면 아버지 못지않게 차갑고 무뚝뚝한
할아버지도 아버지에게 그런 식으로
처음 시신을 보여 줬는지 모른다.

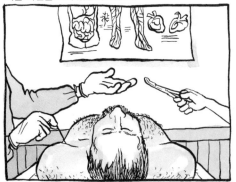

거기서 아버지와 나 사이에 분명 무언가 오갔는데,
나는 일부러 감정을 드러내지 않으려 애썼다.

개수대에 있는
가위 좀 다오.

혹은 아버지 본인이 죽음에 너무
덤덤해져서 나를 통해 죽음에 대한
공포를 엿보고 싶었는지도 모른다.
당신 자신은 그 자연스러운 감정을
더 이상 느낄 수 없었을 테니.

아니면 그저 가위가 필요했을 수도 있다.

어쨌든 그 뒤로 나는 이 경험을 일종의
기술로 사용하게 됐다. 남의 반응을 통해 감정을
대신 확인하는 방식이랄까.

이를테면 아버지가 죽은 뒤 오랫동안 나는 다른 이와 대화하다가
부모님 얘기가 나올 경우 지극히 건조한 어조로 사실만 전달했다.

처음으로 시신을 봤을 때
애써 억눌렀던 감정이 내내 억눌려
있었던 모양이다.

심지어 장례식장 작업대에 누운 사람이
아버지가 되었을 때조차.

그 여름 나는 대학생이었는데,
방학이라 학교 도서관에서
책 바코드 만드는 일을 하던 참이었다.

집에 가 봐야겠습니다.
아버지가 트럭에 치이셨대요.

구식 전화기

저런, 어쩌나.
괜찮으시다니?

음……

자전거를 타고 자취방으로 돌아왔다.
비극적인 상황과 내 태연한 행동의
괴리에 새삼 놀라워하면서.

조안에게 무슨 일인지 설명하는데
그제야 진심으로 울음이 나왔다. 한 이 분쯤.

그게 다였다.

조안이 차를 태워 줘서 우리는 그날 저녁 함께 집에 도착했다. 막내 동생인 존과 나는
얼굴을 마주하자 실소를 터트렸다. 상황에 맞지 않게 괴기스러운 웃음이었다.

죽음은 본질적으로 어처구니없는 현상이다. 그렇다면 우리 웃음도 반드시
부적절한 반응만은 아닐 것이다. 방금 전까지 여기 있던 사람이 어느 순간 거짓말처럼
사라지는 것 아닌가. 황당하고 기막힌 일이다.

카뮈가 정의하는 부조리,
우주의 불합리함과
삶의 무의미함 또한
여기에 해당될 수 있겠다.

학과 수업 교재로 <시시포스 신화>가
필요했던 적이 있다. 아버지가 집에 있는
오래된 장서를 주겠다고 했지만 나는
간섭하지 말라며 거절했다.

그때 아버지의 책을 받았다면 어땠을까.
아버지가 한 구절에 밑줄을 쳐 놓은
이 책이 지금처럼 내 손에 있었다면 좋았을까.1)

longing for death.
The subject of this essay is precisely this
relationship between the absurd and
suicide, the exact degree to which suicide
is a solution to the absurd. The principle
can be established that for a man who
does not cheat, what he believes to be
true must determine his action. Belief in
the absurdity of existence must then
dictate his conduct. It is legitimate to
wonder, clearly and without false pathos,
whether a conclusion of this importance
requires forsaking as rapidly as possible
an incomprehensible condition. I am

아버지가
실존주의적인 확신
때문에 자살했다는
뜻은 아니다. <시시포스
신화>를 주의 깊게
읽었다면 카뮈가 내린
'자살은 비논리적'이라는
결론에 도달했을
테니까.

하긴, 아버지가 완벽하게 파고드는
학자 유형은 아니었다.

벡델! 그놈의 망할 책 좀
던져 버리고 어서 나가자.

학교 친구의 스포츠카에 탄 아버지
사진을 보면 앙리 카르티에 브레송이
찍은 카뮈 사진이 생각난다.

1) 본 시론의 주제는, 부조리와 자살 사이의
관계를 밝히고 자살이 어느 만큼이나 부조리에
대한 해결이 될 수 있을 것인가를 생각해 보는
데에 있다. 속임수를 쓰지 않는 사람이라면
자기가 진실이라 믿는 바를 행동으로
옮겨야 옳다는 것을 우리는 하나의 원칙으로
세워볼 수 있다. 따라서 삶의 부조리를 믿는
사람이라면 마땅히 그의 행동을 그 믿음에
따라야 한다. 일단 이런 종류의 결론을 내리고
나면 과연 불가해한 삶의 조건을 한시라도
빨리 청산하지 않을 수 없게 되는지 어떤지를
분명하게, 공연히 비장해지지 말고 자문해보는
것이 정당한 호기심의 발로일 터이다.
(참고 알베르 카뮈 지음, 김화영 옮김, <시지프
신화>, 책세상, 2007, 19p)

그저 담배 때문인지도 모르겠다. 사진 속 카뮈는 항상 입술에 담배를 대충 끼워 문 모습이었고 사진 속 아버지도 그랬다.

하지만 카뮈는 이미 폐결핵에 걸려 폐에 구멍이 나 있었다. 자살이 비논리적이라느니 하며 비판할 자격이 있었던가?

물론 그 시대엔 모두가 담배를 피웠다.

마흔여섯에 교통사고로 죽지 않았더라도 어차피 그는 오래 살지 못했을 것이다.

카뮈는 지인들에게 교통사고로 죽는 것이야말로 가장 '어리석은 죽음(une mort imbécile)'이라고 수차례 말했다.

1960년 1월 카뮈가 타고 있던 스포츠카가 플라타너스 나무를 들이받았다.

(신문) 파리 헤럴드 트리뷴 / 소설가 알베르 카뮈 교통사고로 사망

부모님이 유럽에 머물 무렵이었다.

<시시포스 신화>에서 카뮈는 '사람들이 죽음을 전혀 모른다는 듯 살고 있다'는 말도 남겼다.[1]

Yet one will never be sufficiently surprised that everyone lives as if no one "knew." This is because in reality there is no experience of death. Properly speaking, nothing has been experienced but what has been lived and made conscious. Here, it is barely possible to speak of the experience of others' deaths. It is a substitute, and illusion, and it never quite convinces us. That melancholy convention cannot be persuasive. The horror comes in reality from the mathematical aspect of the event. If time

아버지에게 더 죽음이 설득력 있게 다가왔을지도.

한데 카뮈는 장의사가 아니었다.

1) 하지만 모든 사람들이 마치 죽음 같은 것은 '전연 몰랐다'는 듯이 살고 있는 것은 정녕 놀라고도 남을 만한 일이다. 그 까닭은 실상 죽음의 체험이란 존재하지 않기 때문이다. 원래 실제 경험하고 또 의식한 것만이 체험인 것이다. 여기선 기껏해야 타인의 죽음에 대한 경험을 말할 수 있는 것이 고작이다. 타인의 죽음이란 하나의 대용품이요, 정신의 관점일 뿐이므로 결코 충분할 만큼 우리를 설득하지 못한다. 이 우울한 관례는 설득력을 가질 수 없다. 사실상 공포는 사건의 수학적 측면에서 오는 것이다. (참고 알베르 카뮈 지음, 김화영 옮김, <시지프 신화>, 책세상, 2007, 31p)

대학 시절 아버지가 내게 보낸 편지를 읽으면, 바위를 어깨에 짊어진 채 환희에 찬
시시포스와 같이 그야말로 부조리한 영웅처럼 여겨질 때가 있었다.2)

The weekend was of little consequense entertainmentwise. I was
called at 3:30 AM for Fay Murray's death. That shot that Friday
Saturday. Some highlights of my work her yellow lace bikini rose-
embroidered panties. Her died red hair after three months of hospitalizatio
Her hairdersser and her hairpieces. Her bitter green velvet jumpsuit
with gold sequined trim and plunging neckline. Well I did my best
with red lips, green eyeshadow, lots of rouge and eyebrow pencil and
low and behold there lay Fay. She had lovely flawlessly smoothskin.
Everyone was pleased and you would never have guessed she was seventy.

한편 절망에 빠질 때도 있었다.3)

Claude H. Bechdel Funeral Home
Telephone 717-962-2727
Beed Creek, Pennsylvania 16822

도로시 E. 벡델
Dorothy E Bechdel

클라우드 H. 벡델 장의사
전화번호 717-962-2727
펜실베이니아 비치크리크 16822

브루스 A. 벡델
Bruce A. Bechdel

Sunday 9-24-77

Dear Al-

I'm at fun home, tending local tragedy. Beautiful girl, 38, wrapfped
her car around one of those big trees in the Rupert's front yard. Worked
eighteen hours yesterday. now I'm here fighting off the ghouls — it's
bad for my blood pressure.

편지에 자살한 사람을 언급한 적은 없다. 아버지가 사망하기 몇 달 전 권총으로 자살한 마을 의사라거나.

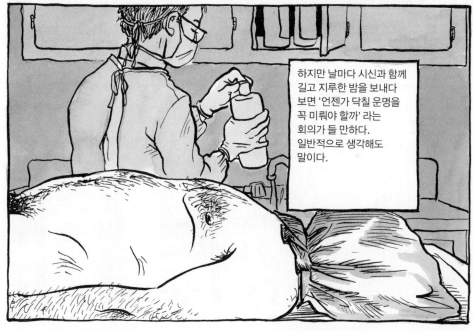

하지만 날마다 시신과 함께 길고 지루한 밤을 보내다 보면 '언젠가 닥칠 운명을 꼭 미뤄야 할까' 라는 회의가 들 만하다. 일반적으로 생각해도 말이다.

2) 주말은 즐거운 일이 거의 없었다. 새벽 세 시 반에 페이 머레이 부인의 부음을 들었거든. 덕분에 금요일 토요일은 엉망진창이 됐지. 봐줄 만한 점은 있었어. 노란 레이스가 달리고 장미를 수놓은 비키니 팬티라거나. 삼 개월 동안 입원하며 염색한 붉은 머리. 미용실에서 맞춘 부분 가발. 벨벳으로 만든 초록색 점프

슈트도 입었지. 목선이 깊이 파이고 반짝이 장식이 달린. 난 최선을 다했단다. 입술은 붉게 칠하고, 눈가에 아이섀도도 바르고, 볼 화장도 하고, 눈썹도 펜슬로 그려 주고. 허 참, 그랬더니 어떻게 됐느냐. 피부가 흠집을 데 없이 매끄럽고 고와졌다 뭐냐. 다들 감탄했단다. 70살 먹은 노인이라고 누가

상상이나 하겠니.
3) 앨리슨에게 / 지금 나는 '펀 홈'에 있단다. 마을에 비극적인 사고가 있었단다. 차가 루퍼트네 앞뜰 나무를 들이받아서 서른여덟 살의 젊은 여성이 사망했다. 어젠 열여덟 시간을 일했고 지금은 식장에서 송장 먹는 악귀들과 싸우고 있다. 혈압도 나빠지는 것 같구나.

보통은 이렇게 여길 것이다. 어린 시절 늘상 죽음을 가까이 겪은
사람이라면 마음 준비가 더 쉽진 않았을까 하고.

그러다가 정말로 주변인이 죽으면,
예컨대 '부정'이나 '분노' 같은 애도 단계를 곧장 건너뛰고

하지만 실제론 그렇지 않았다. 무덤 파는 인부들과 어울리고 납골당 사람들과 농담하거나 동생들을
암모니아 냄새로 놀리던 그런 시간들이 있었기에 아버지의 죽음은 더 이해되지 않았다.

염하는 사람이 죽으면 누가 염을 해 준단 말인가?

꼭 러셀의 역설 같았다.

유명한 이발사 이야기가 있다. 그는 '자기 스스로 면도하지 않는 모든 남자의 면도를 해 줍니다.' 라는 광고가 담긴 간판을 가게에 내걸었다. 명제에 따르면

이발사 본인은 자기 스스로 면도할 수 없고 자신만 면도를 안 할 수도 없다. 성립할 수 없는 말인 것이다.

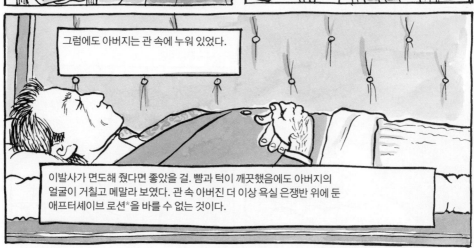

그럼에도 아버지는 관 속에 누워 있었다.

이발사가 면도해 줬다면 좋았을 걸. 뺨과 턱이 깨끗했음에도 아버지의 얼굴이 거칠고 메말라 보였다. 관 속 아버진 더 이상 욕실 은쟁반 위에 둔 애프터셰이브 로션*을 바를 수 없는 것이다.

* aftershave lotion, 면도 후 바르는 화장수.

아버지가 날마다 정성 들여 손질했던
억센 머리칼은 끝까지 빗질해 세워져 있었고,
이마 선이 생각보다 뒤로 벗겨져 있었다.

정말로 아버진가 싶었다. 아버진 언젠가 사고로
연필심에 찔려 손가락 마디에 작고 푸른 멍이 있었기에,
상처 자국을 보고서야 이분이 아버지란 실감이 났다.

동생들과 나는 말똥하고 뚱한 눈으로
쭈뼛쭈뼛 서서 아버지를 오래 쳐다봤고,
적당한 순간이 되었을 때 자리를 떠났다.

왜 슬픔으로 까무러친 사람을
깨우는 약만 있고
그 반대 약은 없는 걸까.

장의사가 위로한답시고 내 팔에
손을 얹었을 때 내가 느낀 감정이라곤
오직 짜증뿐이었다.

붙잡는 그의 손을 거칠게 떨쳤다.
사실 오히려 거기서 위안을 얻으면서.

그 뒤로도 오랫동안
아버지 무덤을 찾을 때마다
그때 같은 짜증이 밀려왔다.

한번은 무덤에 꽂힌 싸구려 성조기가 아버지 무덤을 모독하는 것만 같았다.
어느 군인 단체에서 조의 표시로 선심 쓰듯 갖다 둔 모양이었다.

나는 그 꼴사나운 깃발이며, 놋쇠 받침대를 집어 들어
묘지 가장자리에 펼쳐진 옥수수밭으로 멀리 던져 버렸다.

이번에도 역시,
그 거칠기만 한 행동에
짧은 위안을 얻었다.

3장

오랜 참사

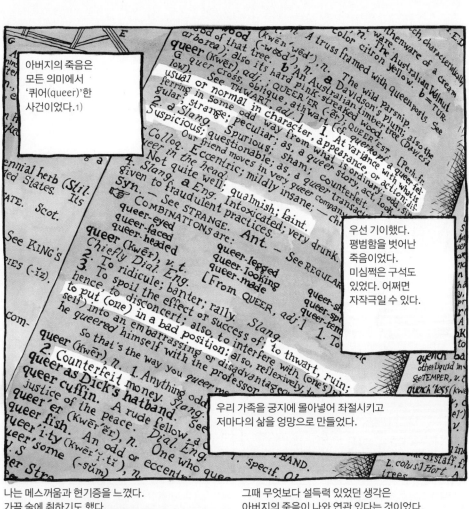

아버지의 죽음은 모든 의미에서 '퀴어(queer)'한 사건이었다.1)

우선 기이했다. 평범함을 벗어난 죽음이었다. 미심쩍은 구석도 있었다. 어쩌면 자작극일 수 있다.

우리 가족을 궁지에 몰아넣어 좌절시키고 저마다의 삶을 엉망으로 만들었다.

나는 메스꺼움과 현기증을 느꼈다. 가끔 술에 취하기도 했다.

그때 무엇보다 설득력 있었던 생각은 아버지의 죽음이 나와 연관 있다는 것이었다. 우리 집 웹스터 대사전엔 누락되어 있는 '퀴어'의 또 다른 정의에 의해.

1) **queer** [형] (queer < queer'er < queer'est) 1. 기질이나 외양 또는 행동이 일반적이거나 평범하지 않다. 통상적인 것과는 다르게 기묘하다. 기이한, 이상한, 특이한. (예) a queer story 기이한 이야기. 2. (속) 거짓된, 엉터리의, 위조의. 미심쩍은, 수상쩍은. (예) a queer transaction 부정 거래. (구) 별난, 괴짜의. (예) queer in the head 머리가 어떻게 된. 몸이 좋지 않다. 메스꺼운, 현기증이 나는. 3. (속) 몹시 취한, 만취한. [유의어] ⇒ strange [반의어] ⇒ regular ☞ 예시 조합 : ……

queer [타] 2. (속어) 놀리다, 조롱하다. 희롱하다. 3. 일을 성사시키지 못하게 망치다. 좌절시키다, 엉망으로 만들다. 쩔쩔매게 하다. 궁지에 몰아넣다. (재귀용법으로) 자기 자신을 곤란하게 만들거나 불리한 처지로 만들다.

(예) queer oneself with a teacher 교사의 신용을 잃다.
queer [명] 1. 기묘한 것. 2. 위조화폐 (속)
queer as Dick's hatband 다음 참조
queer cuffin 무례한 사람 (방언)
queer fish 괴짜, 기인
queer'ity (명)
queer'some

불과 4개월 전,
나는 부모님에게 알렸다.

(편지) 저, 레즈비언임.

당시만 해도 내가 동성애자라는 건
순수하게 관념적인,
입증되지 않은 가설에 불과했다.

하지만 나로서는 의심할 여지가 없는,
너무나 확실한 가설이라서
바로 알리지 않을 이유가 없었다.

부모님은 내 기대만큼 소식을 쉽게 받아들이지 못했다.
어머니와 나 사이엔 편지로 무거운 대화가 오갔다.

그러다 마침내 어머니는 전화로
충격적인 소식을 전해 주었다.

네 아버진 바람을
피웠어. 남자들이랑.

네?

내 인생극의 무대에서 주인공 자리를
뺏기고 말았다. 부모님의 비극에 등장하는
우스꽝스런 조연으로 전락한 것이다.

네 아버지…
어릴 때 농장 일꾼한테
추행을 당했대.

레즈비언이란 고백이
해방 선언일 줄 알았는데, 오히려
부모님 영향권으로 끌려 들어왔다.

(책 표지) 사포는 진보적인 여성이었다

내가 애절한
커밍아웃을 하고
불과 얼마 뒤
아버지가 세상을 떠났다.
나는 인과 관계를 생각하지
않을 수 없었다.

내가 정체성 자각을 알리지 않았다면, 4개월 뒤에
그 트럭이 사고를 내지 않고 유유히 지나쳤을지도.

(진짜,
선빔 브레드
트럭이었음.)

난 대체 왜 말했을까? 그때까지 까놓고 누구와 잔 적도 없었는데. 반대로 아버지는 오랫동안
남자들과 남모르게 육체적 관계를 맺어 왔지만 누구에게도 밝히지 않았다.

왜 아빠가 아니라
엄마가 말해 주는
거예요?

네 아버지가
순순히 말하겠니?

아버지에게는 현실과 허구의 경계가
모호했다. 이를 이해하려면 아버지의 서재를
들여다보는 게 좋겠다.

옛 지주도 뭣도 아닌 사람이 자기 집 방 하나를 '서재'라고 부르면
거창하게 들릴까? 하지만 서재 말곤 그 방을 달리 부를 말이 없었다.

뭐, 상상력씩이나 끌어모을 필요가 있겠는가? 어쩌면 꾸밈은 처음에
위장이었더라도 하나하나 철저하게 진짜를 모방하다 보면 결국…

별세계 같은 서재였지만,
기능 면에선 완벽했다.

우리 집을 찾은 손님들이 거대한 호두나무 책장을 보면 꼭 하는 질문이 있었다.

상상 속 시골 영주로서 아버지 일과 중 하나는
마을 청년들, 즉 장래가 촉망되는 제자들을
교화하는 것이었다.

아마도 그 장래에
성적인 의도를 담은 경우도 있었겠지만.
어쨌든 책은 착실히 읽혔다.

(책 표지) 해는 또다시 떠오른다

(책 표지) 위대한 개츠비

아버지가 열광한 작가는 한둘이 아니었는데,
그중 특히 우러른 작가를 꼽으라면 피츠제럴드였다.

(책 표지) 낙원의 이쪽,
피츠제럴드의 생애

어머니는 군 복무 중이던
아버지에게 피츠제럴드의
전기를 보내 준 적이 있다.
두 분이 결혼하기 전
이야기다.
아버지는 군대에 들어가기 전,
영문학 대학원에 다녔는데
엄청난 공부량에 질려
중퇴했다고 한다.

아버지가 어머니에게 쓴 편지에는 피츠제럴드 전기에 대한 감상이 배어난다.1)

스콧과 젤다가 술에 취한 동안 벌인 해괴한
행동들에 감명받았던 모양이다.2)

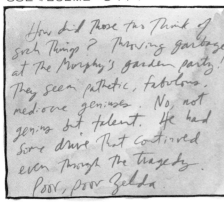

1) <낙원의 이쪽>에 푹 빠져들었어.
   피츠제럴드는 나와 많이 닮은 것 같아. 특히
   그 기묘한 '정서적 파탄' 부분이.
2) 그 둘은 어떻게 그런 생각을 한 걸까?
   머피의 정원 파티에서 쓰레기를 던지다니!

참 한심하고, 멋지고, 변변찮은
천재들이야. 아니다. 천재는 아니지만
재능이 있었어. 스콧에게는 어떤 매력이
있었어. 비극 속에서도 빛을 잃지 않는.
젤다가 너무 불쌍하지.

물론 아버지는 피츠제럴드가
군 복무 중에 첫 소설을 쓰고
젤다와 사귀기 시작한
사실도 놓치지 않았을 것이다.

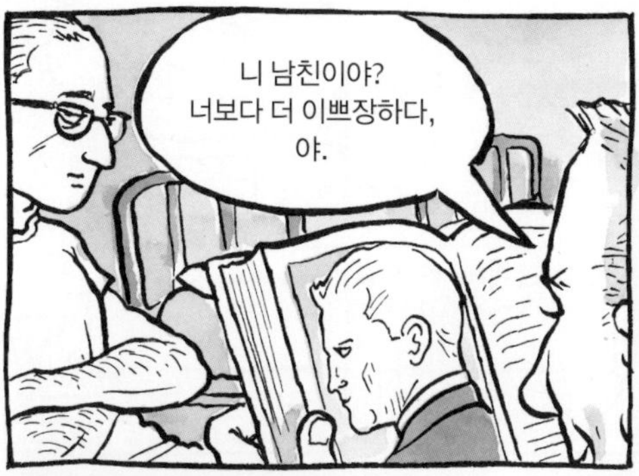
니 남친이야?
너보다 더 이쁘장하다,
야.

그 전엔 별로 드러나지 않았는데
이때부터 아버지의 편지는
점점 감수성이 풍부한
피츠제럴드풍이 되어 갔다.1)

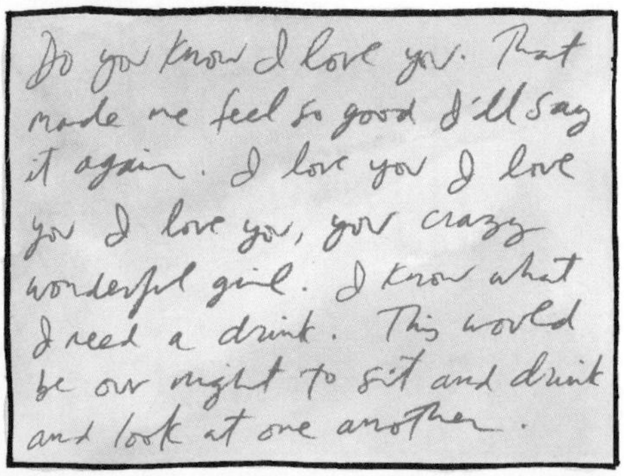
Do you know I love you. That made me feel so good I'll say it again. I love you I love you I love you, you crazy wonderful girl. I know what I need a drink. This world be our night to sit and drink and look at one another.

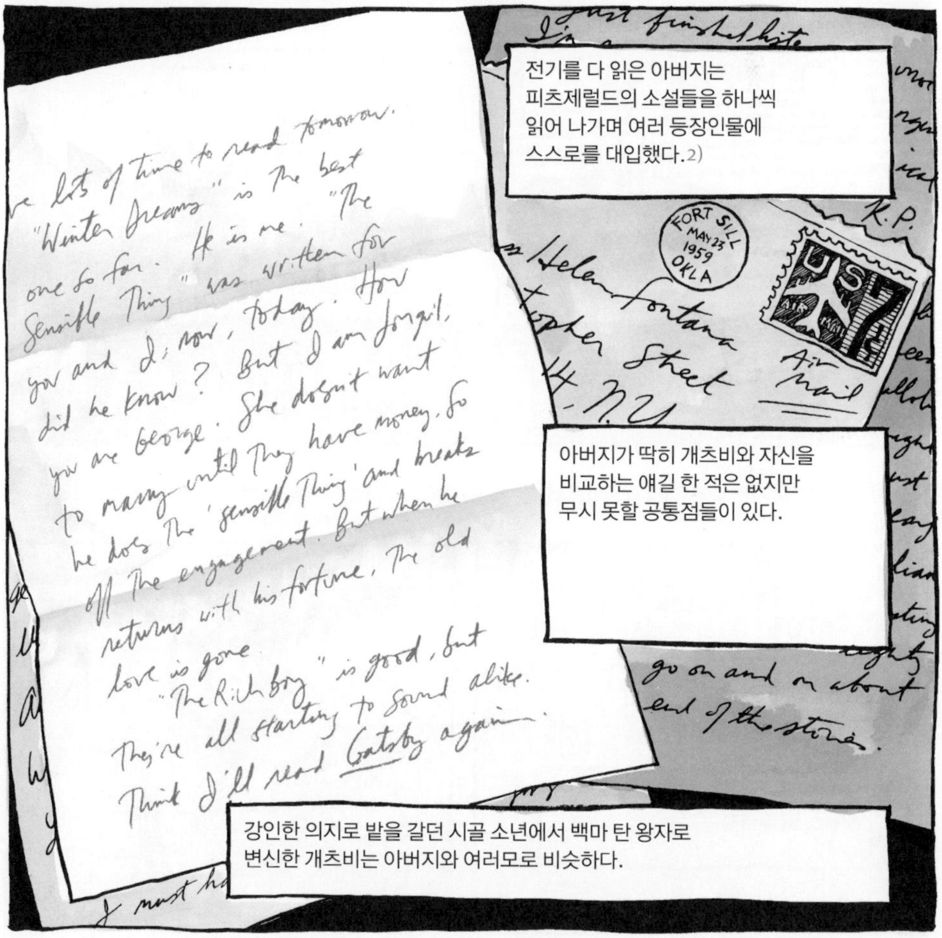
전기를 다 읽은 아버지는
피츠제럴드의 소설들을 하나씩
읽어 나가며 여러 등장인물에
스스로를 대입했다.2)
lots of time to read tomorrow. "Winter Dreams" is the best one so far. He is me. "The Sensible Thing" was written for you and I; now, today. How did he know? But I am Jonquil, you are George. She doesn't want to marry until They have money. So he does The 'sensible Thing' and breaks off The engagement. But when he returns with his fortune, The old love is gone. "The Rich Boy" is good, but They're all starting to sound alike. Think I'll read Gatsby again.
FORT SILL MAY 23 1959 OKLA
Helen Fontana
Street
Air Mail
K.P.
아버지가 딱히 개츠비와 자신을
비교하는 얘길 한 적은 없지만
무시 못할 공통점들이 있다.
go on and on about end of the stories.
강인한 의지로 밭을 갈던 시골 소년에서 백마 탄 왕자로
변신한 개츠비는 아버지와 여러모로 비슷하다.

1) 내가 사랑한다는 사실을, 당신은 알고 있을까. 어감이 너무 좋아서 또다시 말할게. 사랑해 사랑해 사랑해. 미치게 완벽한 당신. 술을 마셔야 할 것 같아. 오늘 밤 당신과 마주 앉아 술을 마시며 서로를 바라볼 수 있도록.

2) 내일은 책을 읽을 시간이 별로 없어. 지금까지 중엔 <겨울 꿈>이 가장 좋았어. 덱스터는 나야. <분별 있는 일>은 당신과 나를 위한 소설이네! 하지만 조지가 당신이고 잔퀼이 나야. 잔퀼은 돈을 여유롭게 확보하기 전엔 결혼하지 않으려고 하지. 그래서 조지는 '분별 있는 선택'을 내려 잔퀼과 약혼을 파기해. 하지만 조지가 성공해서 돌아왔을 때 옛 사랑은 사라지고 없었지. <부잣집 아이>도 좋았어. 하지만 우리랑 비슷하지는 않더라. 개츠비나 다시 읽을까 봐.

아버지는 개츠비처럼 '놀랄 만큼 활력 넘치는 환상'을 원동력으로 삼았다. 개츠비와
달리 아버지의 기반은 어마어마한 부가 아니라 교사 월급이긴 했지만.

(책 표지) 위대한 개츠비

미국이 낳은
위대한 소설이야.

그래도, 아버지의 노블레스 오블리주*
정신만큼은 진심이었다.

아버지는 심지어 겉모습도 개츠비와 닮았다. 적어도 1974년 영화
<위대한 개츠비>에서 개츠비를 연기했던 로버트 레드포드와 꽤 비슷하다.

부모님은 영화가 개봉하자마자
우리 남매를 데리고 영화를 봤다.

물론 자기 아버지를 로버트 레드포드와 견준다면
자식의 환상쯤으로 여길 것이다.

젤다 피츠제럴드 역시 사진기로는 미처
옮길 수 없는 매력을 지녔다지 않은가.

(학교
앨범 사진)

하지만 아버지는 사진보다
실물이 더 매력적인 사람이었다.

* 사회적 신분에 따른 도덕적 의무.

아버지는 뭣보다 피츠제럴드의 소설이 작가 자신의 삶과
긴밀하게 이어져 있다는 점에 매료되지 않았을까 싶다.1)

(책 표지) 낙원의 이쪽, 피츠제럴드의 생애

현실과 허구의 경계를 뭉개는 건 아버지의 주특기이기도 했으니까.

1) 피츠제럴드는 어떻게 개츠비와 파티를
   그런 식으로 묘사할 수 있었을까? 나는 당신과
   그렇게 취해 보고 싶어. 눈을 떴을 때 거기가
   어딘지, 어떻게 왔는지 기억도 못할 정도로
   마시고 싶어. 스콧과 젤다처럼 말이야.

아버지가 피츠제럴드 소설 속 인물이라면,
어머니는 헨리 제임스 소설에서 걸어 나온 듯한 사람이었다.
타락한 유럽 세계의 덫에 걸린 활달한 이상주의자 미국인이랄지.

너도 같이 갈래?

아닌 게 아니라, 어머니는 대학 시절 연극 <상속녀>*의 주인공을 맡은 적이 있다.
이는 헨리 제임스 소설 <워싱턴 스퀘어>를 각색한 작품이다.

아름답지도 명석하지도 않지만 집안이 부유한 젊은 여자가 한 남자와 사랑에 빠진다.
모리스 타운센드라는, 재산을 노리고 그럴싸한 말로 꾀어 접근하는 인물이다.

전 이런 대화에
익숙하지 않아요.

저도요. 그게 우리 문제로군요.
슬로퍼 양, 저도 말주변이
없는 사람이랍니다.

여기서는 전형적인
이성애 구도를 비틀어…

…캐서린이 사랑을 주는 쪽,
모리스가 사랑을 받는 쪽으로 그려진다.

아아! 아버진 그이처럼
아름다운 남자를
본 적 있으세요?

얼굴은
반반하지.

당신을 위해 루비와
진주로 된 단추를 사 왔어요.

캐서린,
내 사랑.

* <The Heiress>, 1947년 첫 상연.
  1949년 영화로도 각색되었으며 국내에는
  <사랑아 나는 통곡한다>로 소개됨.

내가 부모님을 제임스와 피츠제럴드에 빗대는 건 단지 풍부한 묘사를 위해서가 아니다.
내게 부모님은 문학 작품으로 비유할 때 더 와닿는 면이 있는 사람들이었다.

또한 내가 심미적 감수성과 거리가 멀다는 것은
어떤 문학적 비유보다 차디찬 우리 집 분위기를 잘 드러낼지도 모르겠다.

우리 부모님은 마치 본인들 결혼을 부끄러워하는 듯 보였다.
하나 예를 들자면 그 흔한 첫 만남 일화조차 없었다.

사실 아버지는 어머니를 좀처럼
직접 부르려고도 하지 않았다.

또 한 번은 TV를 보다가
어머니가 아버지 어깨에 손을 올렸다.

부모님의 애정 표현을 직접 본 적은
두 번밖에 없었다. 한 번은 아버지가 주말 출장을 앞두고
어머니에게 새처럼 가볍게 입맞춤을 했고,

드문 경우를 제외하면 부모님은
한결같이 서로를 적대시했다.

어느 쪽이나
불안감을 주긴 마찬가지.

두 분이 처음 만나게 된 사연은 나중에
어머니에게 겨우 들었다.
연극 <말괄량이 길들이기>에서 만났단다.

무슨 소리지?

아빠가 책상 위에
있던 책 더미를
쓸어 버렸나 본데.

CRASH!
쿠당탕!

……하여, 저희는 몹시
가까운 사이가 되었기에
일요일에 결혼하기로
했지요!

대학 공연이었는데 어머니가 주연이고
아버지는 남자 조연 중 한 명이었다고 한다.

일요일에 그대
목부터 매달겠어요.

<말괄량이 길들이기>는 두말할 필요 없이 골치 아픈 작품이다. 고집 센 캐서린*이
욕심 많고 남을 억누르는 페트루치오에게 휘둘려 조금씩 기가 꺾이는 내용이다.

저토록 밝게 빛나면
틀림없이 달이오.

저토록 밝게 빛나면
당연히 태양이죠.

아버지가 끌린 건 엄마가 맡은 배역이었을까,
연기였을까, 어머니 자체였을까.

제발 저 친구 말을
들어 주세요. 그래야 길을
떠납니다!

* Katherine. 셰익스피어 원작에 표기된 이름은
  카타리나(Katherina)임.

페미니즘이 대두되기 전이었지만 페트루치오와 캐서린의 관계가
바람직하지 않다는 걸 부모님도 알았을 것이다.

어쩌면 당신들의 결혼 생활도 비슷한 꼴이 될 거란
낌새를 느끼고 등골이 오싹해지진 않았을까.

<말괄량이 길들이기>가
부모님의 결혼 생활
후반을 암시한다면,
헨리 제임스가 쓴
<여인의 초상>은
결혼 생활 초반과
꽤 비슷했다.

소설에서 주인공 이사벨 아처는
미국을 떠나 유럽으로 간다.
시골의 관습과 제약에서 벗어나
자유롭게 살 수 있을 거란
기대에 흥분하면서.

이사벨에겐 나무랄 데 없는 구혼자가
여럿 있었다. 하지만 심술궂게도
모두 거절하고 길버트 오스몬드를 택한다.
땡전 한 푼 없고 교양은 있지만
방탕한 미술품 수집가.

결혼 직후 부모님은 파리로
여행을 떠났다. 아버지의
군대 친구를 만나려고 .

뒤늦게야 어머니는 알게 됐다.
남편과 군대 친구가 사랑하는 사이였음을.

가는 길에 두 사람은 심하게 싸웠고,

당장 이리 와!

안타깝게도 이사벨은 길버트 곁에 남고…

타, 얼른!

…젊을 때 소망과는 반대로
'관습의 맷돌에 갈리는' 신세로 전락한다.

젠장.

그로부터 8년 뒤의 여권 사진을 보면,
환히 빛나던 어머니의 얼굴이 텅 빈 얼굴로 바뀌어 있다.

나랑 동생 크리스천을 데리고
3주간 유럽을 여행할 때 찍은
사진이었다.

여행은 신났다. 스위스에선 부모님에게
등산화를 사 달라고 졸랐다.

칸에서는 나도 원피스가 아닌
반바지 수영복을 입겠다고 고집부렸다.

관습에서 자유로워지자 어찌나 짜릿하던지! 하지만 내가 여행을 통해 시야가 넓어졌다고
느끼는 것과 달리 부모님은 당신들 행동반경이 좁아진 걸 몸소 느끼지 않았을까?

아마 그때였을 것이다. 나는 절대 결혼하지 않겠다고, 당신들이 일찌감치
포기한 예술가의 삶을 살겠다고, 부모님과 무언의 협약을 맺은 때는.

과연 다짐은 현실로 이뤄졌다. 전혀 생각하지 못한 방식이었지만.

열세 살쯤부터
뭔가 마음에 걸리긴 했다.

그냥 지나칠 수 없는 단어를
사전에서 처음 발견한 것이다.1)

하지만 레즈비언이 무슨 뜻인지 완벽하게 이해하게 된 건 다른 책을 읽고 나서였다.
망설임 끝에 과감하게 앞으로 나선 사람들의 이야기.2)

1) les·bi·an [형] (종종 대문자) (레스보스 섬에
   살던 시인 사포와 관계가 있다고 알려진
   동성애자들에서 유래) 여성 간 동성애의, 또는
   그와 관련된.
   lesbian [명] (종종 대문자) : 여성 동성애자.
   les·bi·an·ism [명] 여성 동성애

2) 엘사*

낸시 : 연세가 어떻게 되시는지 여쭤봐도 될까요?
엘사 : 77살이에요. 1898년 12월에 태어났고요.
낸시 : 레즈비언이 되신 건 언제부턴가요?
엘사 : 예전부터 그런 질문을 이해하지
못했어요. 제가 기억하기로 전 태어날 때부터
이랬거든요. 요즘 사람들은 커밍아웃 의례라거나
트라우마라거나 깨닫는 순간이라거나 그런

얘기를 하던데, 전 딱히 그런 게 없었습니다.
그저 내가 사람들과 여러모로 다르다는 건 알았죠.

* 엘사 기들로(Elsa Gidlow, 1898–1986) :
시인이자 언론인, 철학자. 영국 태생 캐나다-
미국인. 레즈비언의 사랑을 공개적으로 다룬
첫 시집 <On A Grey Thread>(1923)으로
알려져 있다.

첫 책을 읽자마자
곧장 다음 책을 살폈다.   (책 표지) 알려지다*: 우리들의 이야기

며칠 뒤에 나는
용기를 내어 책을 샀다.   (책 표지) 레즈비언 여성

책에 소개된 다른 책들도
도서관에서 찾아 읽었다.   (책 표지) 고독의 우물, 래드클리프 홀

하루는 도서관에서 '동성애' 항목을 다룬
색인을 찾아보면 되겠다는 생각이 떠올랐다.

서가 두 칸 가득 꽂힌 책들을
나는 허겁지겁 읽어 나갔다.   (책 표지) 사랑할 권리

얼마 뒤엔 위험을 무릅쓰고
공공 도서관을 찾아다니며 책을 빌렸다.

(책 표지) 동성애, 마스터즈 & 존슨

* <Word Is Out: Stories of Some of Our
  Lives>(1978). 엘사 기들로 등 동성애자
  26명의 인터뷰를 모은 동명의 다큐멘터리
  영화(1977)를 옮긴 책.

고무적인,
하지만 고독한 연구.

GENERAL CHART of the SKY

나는 슬슬 혼자만의 동굴을 떠나
인간 세계로 돌아가야 했다.

(책 표지) 비너스의 삼각주, 아나이스 닌
(지도) 밤하늘의 별자리 지도

나는 '동성애자 모임'을 찾아갔다.
소심하게 입도 뻥긋 못했지만.

그래도 모임에 참석한 것만으로 공개 선언을 한
기분이었다. 나는 들뜬 마음으로 자리를 떴다.

(문) 동성애자 모임 / 애니타 브라이언트* 꺼져

부모님한테 말하겠다고 결심했을 때도 그렇게 떨리는 상태였다.
그러나저러나 어쨌든 굳이 감추는 게 더 우스꽝스럽게 느껴졌다.

뭐 재미난
거라도 읽니?

어……
아뇨, 딱히.

(책 표지) 벽장을 나와 거리로 / 모리스**, E. M. 포스터 / 동성애 보고서 / 동성애 / 선두 주자*** / 손익 분기점**** / 우리의 몸 우리 자신

* Anita Bryant(1940~). 미국의 가수이자
반(反) 동성애 운동가.
** <Maurice>(1971). 영국 학교를 배경으로
동성 간 사랑을 그린 소설. 작가가 죽은 뒤에야
출판되었으며 영화로도 제작됨.

*** <The Front Runner>(1974). 패트리샤 넬
워런(Patricia Nell Warren)의 소설. 육상
선수와 코치의 동성 간 사랑을 그린 이야기.
**** <La Bâtarde>(1964). 프랑스 레즈비언 작가
비올렛 르딕(Violette Leduc)의 자서전.

고백 방법은 편지였다.
딱딱한 수단이지만 말했듯이
우린 그런 가족이었다.

(책 표지) 로제 유의어 사전

아버지는 편지를 받고서 바로 전화했다.
내가 몰래 광란의 파티라도 즐기는 줄 알았던지
아버지는 은근히 기뻐하는 눈치였다.

누구나 한번은
탐색해 봐야지!
그게 건강한 거야.

엄마는 통화하려 하지 않았다. (음반 커버) 슬픈 성모, 페르골레시

하지만 일주일 하고 절반이 지나자 장문의 답신이 왔다.

음…… 네 엄만 티브이 본다.
많이 심란한 모양이야.

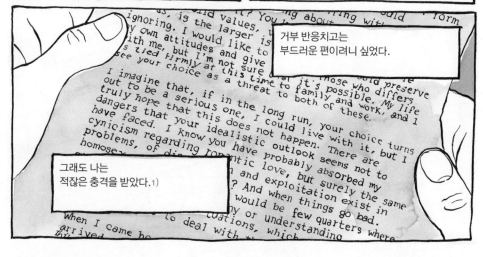

거부 반응치고는
부드러운 편이려니 싶었다.

그래도 나는
적잖은 충격을 받았다.1)

1) 나 자신의 태도를 지키면서 나와 다른 사람들도
이해하고 싶지만 그게 가능할지 모르겠다.
지금 난 가족과 일에 매인 삶을 살고 있는데
네 선택은 양쪽 모두에 위험이 되는 것 같으니.
길게 보고, 네가 진지하게 선택한 것이라면
나도 용납하고 살 수 있겠지. 하지만 그런

일이 일어나지 않길 진심으로 바랄 뿐이다.
세상에는 네 이상주의적인 관점으로는
알지 못할 위험이 있어. 너도 내 냉소적인
연애관에 어느 정도 영향을 받았겠지. 하지만
동성애에도 그런 억압과 착취는 있지 않겠니.
상황이 나빠졌을 때……

어머니는 추신에
편지를 태우라고 적었다.

나는 마음의 상처를 달래려고,
스스로에게 줄 선물을 샀다.

자립의 상징이라고나 할까?
아무튼 레즈비언이
갖고 다닐 만한 물건 같았다.

그런데 방에 돌아와 칼을 꺼내다가
실수로 손가락 살을 베고 말았다.

일기장에 피를 마구 문질렀다. 마음의 고통을 이토록
뚜렷하게 남길 기회가 생겨서 기뻤다.1)

* 2월 21일 목요일
　엄마한테 괴상한 편지가 왔다. 특히 눈에 띄는
　문장이 있다. "나는 여전히 예전의 상처를
　극복하지 못했단다. 이런 문제를 다른 식으로

맞닥뜨린 적이 있고 그때 거의 참사로 끝날
뻔했어. 내가 무슨 얘기를 하는지 알고 있니?"
아뇨! 모르겠어요! 도대체 무슨 말을
하시는 거예요?

나는 어머니의 편지
한 줄 한 줄에 답변을 적어 보냈다.

세 번째 문단 말인데요.
아뇨, 무슨 얘길 하시는지
하나도 모르겠어요.
대체 무슨 참사를 말하는 건지.

며칠 뒤에 어머니한테서 전화가 왔다.

아빠가요?
남자들이랑?

한번은 걸리기도 했어.
로이와도 보통
사이가 아니었고.

느닷없이 지난 인생사가 통째로 다시 쓰이자 나는 그만 아득해졌다.
안 그래도 근 몇 달간 인생사를 새로 쓰지 않았던가.

로이? 우릴 돌봐 줬던
베이비시터 로이요?

그래도 정신을 못 차릴 정돈 아니었다.
전화를 끊고 나서 알아서 회복했으니까.

철물점에서 흔히 살 수
있는 플라스틱 관

단순 식료품 병

또 얼마 안 가서 더 강력한 마취제를 만나게 됐다.

······인권 토론회 광고지를
붙일 사람이 있어야 합니다.

내 은밀한 사생활에
더 크고 중요한 뜻이 담겨 있다니.
낯설지만 무척 끌리는 개념이었다.

중간고사 무렵에 나는
완벽하게 사로잡혔다.

동성애자 댄스파티

페미니즘은 이론이야.
레즈비어니즘이 실천이지.

GAY DANCE

GRAIN ALCOHOL

조안은 시인이자 '가모장'이었다. 남은 학기 내내
조안의 침대에서 거의 벗어난 적이 없다.

(책 표지) 에이드리언 리치*, 공통 언어의 꿈 / O로 시작하는 말, 올가 브루마스

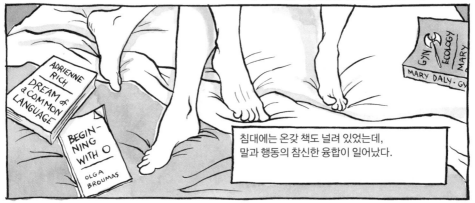

ADRIENNE RICH
DREAM of a COMMON LANGUAGE

BEGIN-NING WITH O
OLGA BROUMAS

GYN/ECOLOGY · MARY
MARY DALY · GY

침대에는 온갖 책도 널려 있었는데,
말과 행동의 참신한 융합이 일어났다.

나는 현실을 까맣게 잊었다.
사전은 에로틱한 물건이 되었고

어릴 때 좋아했던 동화들이
프로파간다**로 밝혀지거나…

'o'들. 입. oral(입의), oscil-
late(진동하다), osculate
(결합하다), orifice(구멍)……

인도-유럽
어원 색인

아.

쳇! 크리스토퍼 로빈
완전 제국주의자잖아!

The WORLD of POOH

(책 표지) 곰돌이 푸의 세계

* Adrienne Rich(1929–2012). 미국의
  시인이자 페미니스트. 1976년 레즈비언으로
  커밍아웃했으며, <공통 언어의 꿈>은 그 뒤에
  처음으로 발표한 시집임.
** propaganda. 어떤 사상이나 주장 따위의 선전.

···포르노그래피로 쓰였다. 이제 막
페미니즘에 눈뜬 내겐 모든 것이 새롭게 보였다.

(책 표지) 제임스와 거대한 복숭아

벽은 끈적끈적하며 축축했고
천장에서는 복숭아즙이
뚝뚝 떨어지고 있지 않겠어요?
제임스는 입을 벌려 혀로 과즙을
맛보았어요.

이 정치적이며 성적인 깨달음은
반가운 전환점이 아닐 수 없었다.

한편 집에서 들려오는
소식들은 갈수록 심각해졌다.

···무척 달콤한
맛이었답니다.

RING!

따르릉!

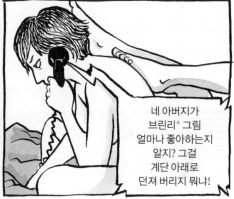

네 아버지가
브린리* 그림
얼마나 좋아하는지
알지? 그걸
계단 아래로
던져 버리지 뭐냐!

여름 방학이 돌아오고 조안과 동거를 시작한 지
얼마 안 돼 나는 엄마한테서 이혼 소식을 전해 들었다.

그로부터 2주 뒤엔 사고 소식을 들었다.

결국
해치웠어!

아버지가
돌아가셨다고요?

* D. Putnam Brinley(1879–1963). 미국의
  벽화가이자 화가.

어머니는 몇 년에 걸쳐 아버지 서재의 책과 물건을 팔거나 남에게 줘 버렸다.

나중에 조안은 그 일을 시로 썼다.1)

You're sitting in the library
feet up on his desk.

Your mother comes in
her face warm and white
floating gingerly over her
bathrobe.

She tells me to choose a book.

Cloth-bound, grey and turquoise
heavy in my hand as a turtle shell
filled with mud.

책장에 꽂힌 수백 권의 책 가운데
조안이 고른 건 정말 굉장했다.

1) 넌 서재에 앉아 있어
   아버지의 책상에 발을 올리고

   네 어머니가 다가왔지
   목욕 가운 위로
   조심스럽게 떠다니는
   따뜻하고 창백한 얼굴

   내게 책 한 권을 고르라고 했어

   회색과 청록색이 섞인 하드커버
   진흙으로 가득 찬 거북이 등딱지처럼
   묵직하게 느껴졌어

시는 예수의 수난에 대한 것이었다.

…융단 위 앵무새의 푸른 자유가 고대의 희생을 기리는 성스럽고 고요한 시간을 헤친다.

(하늘에 맹세하건대, 서재에 정말로 앵무새 그림이 있었음.)

대체로 어머니는 천주교의 내용보다 형식을 따르는 분이었지만,

희생은 어머니가 직감으로 이해한 하나의 원칙이었다.

여인은 잠시 꿈을 꾼다. 물결에 비친 빛 사이로 고요히 그늘이 드리워지듯 저 오랜 참사가 어둡게 잠식해 오는 것을 느낀다.

아주머니, 이 책은 갖고 계세요. 저는 다른 책 고를게요.

아냐, 아냐. 가져가.

아마 어머니가 그 시를 좋아한 이유는 따로 있을 것이다. 안락한 실내 장식과 나란히 놓인 참사라는 단어. 그건 아버지와 함께한 당신의 삶과도 같았다.

아버지의 죽음은 새로이 닥쳐온 참사가 아니었다. 기나긴 세월에 걸쳐 서서히 벌어진 '오랜 참사'였다.

아버지가
돌아가신 게,
내가
레즈비언이라고
고백했기 때문이란
생각은 사실
터무니없는
발상일지도
모르겠다.

원인과 결과 사이에는 어떤 연결 고리 혹은 맞닿는 지점이
있기 마련이다. 하지만 아무리 그럴듯한 설정일지라도 소설 속 인물에게
손을 뻗을 순 없지 않은가.

소설 <위대한 개츠비>에 이런 장면이 있다. 술에 취한 파티 손님이 개츠비의 서재로 들어간다.
손님은 서재 책장에 꽂힌 장서들이 마분지로 대충 만든 가짜 책이 아니라는 사실에 흥분하며 외친다.

(책 표지) 젤다, 낸시 밀포드

* 당시엔 새 책을 펼치지 못하게끔 낱장과
  낱장 사이를 봉하는 관례가 있었음. 책장을
  개봉하지 않은 책은 읽은 적이 없다는 뜻.

어찌 보면 개츠비의 손때조차 묻지 않은 새 책과
아버지의 닳고 닳은 헌책이 의미하는 바는 같다.
책 주인이 실제보다 허구를 더 좋아했다는 것이다.

만약 피츠제럴드의 실제 삶이 동화에서 비극으로
바뀌지 않았더라도 아버지는 환멸을 다룬 그의
소설에 깊이 빠져들었을까?

(사진) 1924년 리비에라에서, 젤다, 스콧 부부와 스코티.

Zelda, Scott and Scottie on the Riviera, 1924

수영장에서 죽은 개츠비, 정신 병원에서 죽은 젤다,
할리우드에서 마흔넷에 심장 마비로 죽은 알코올 중독자 피츠제럴드.

하루는 이러한 우연의 일치에 놀라 아버지와 피츠제럴드의 수명을 계산해 봤다.
월 단위와 주 단위까지 같았는데 피츠제럴드가 딱 3일을 더 살았다.

한동안은 아버지가 시간을 염두에 두고 스스로 목숨을 끊은 게 아닐까 생각할 정도였다.
피츠제럴드에게 바치는 광적인 존경의 표시였다거나.

나는 마지막 남은, 저 보잘것없는 끈을 놓고 싶지 않다.

4장

꽃핀 소녀들의 그늘에서

나는 앞서 아버지가 자살했다고 추측했지만
정원을 가꾸다가 돌아가셨다는 말도 맞긴 하다.

그날 아버지는 낡은
농갓집을 손본다고
정원의 우거진 덤불을
치우다가…

…비탈 아래로 풀 한 아름을 던져두려고
150번 도로를 건너던 길이었다.

트럭 운전수가 말하길 아버지는
"마치 뱀이라도 본 것처럼"
찻길로 펄쩍 뛰어들었다고 한다.

누가 알까? 어쩌면 그랬을지도 모르지.

아버지는 워낙 취향이 가정적인 사람이었지만 내가 생각하기엔 원예만큼
아버지의 남다른 성향을 보여주는 취미 생활도 없었다.

대체 아버지는 왜 그렇게 열렬히 꽃을 사랑했지? 씨씨*가 아닌 다음에야.

…비단으로 짠 꽃, 유리로 만든 꽃,
꽃 자수, 꽃 그림 등등. 꽃을 둘 수 없는
자리에는 꽃무늬 장식이라도 두었다.

부활절이면 아버지는 거위알에
월계꽃 무늬를 그려 넣었다.

* Sissy. 기존 젠더 이분법 체제에서 소위
  '여성스럽다'고 여기는 남성을 이르는 말.

그다음 '부활절 알 찾기' 시간이 되면 우리는 아버지가 늘 숨겨 두는 몇 군데 장소에서
거위알을 찾아냈다. 이를테면 노란 수선화 사이에서는 노란 알…

…능금나무 위엔 마치
크로커스 꽃*처럼 놓인 보랏빛 알,
금방이라도 활짝 피어날 듯한
꽃봉오리에 맞춘 분홍빛 알,
그런 식으로 말이다.

시들한 태도로 즐기던 야구놀이도
야구공이 꽃밭 쪽으로 굴러가 버리면
그냥 흐지부지 끝나 버렸다.

아버지가 우릴 까맣게 잊고
잡초 뽑기 삼매경에 빠졌기 때문이다.

젠장.

아빠,
어서 와요!

그만둬.

'펀 홈'에서 아버지는 섬뜩한 시체 처리 작업을 하다가
한숨 돌릴 때도 장례식용 꽃을 매만지곤 했다.

보기에 못생기긴 했지만 향이 강하고 빨리 퍼져서
시체 방부 처리 냄새를 가려 주는 꽃들이었다.

* 보랏빛 꽃.

아버지는 라일락을 가장 좋아했다.

늘 절정을 맞기도 전에 시들기 시작하는
비극적인 꽃을 말이다.1)

We stopped for a moment by the fence, Lilac-time was nearly over; some of the trees still thrust aloft, in tall purple chandeliers, their tiny balls of blossom, but in many places among their foliage where, only a week before, they had still been breaking in waves of fragrant foam, these were now spent and shrivelled and discoloured, a hollow scum, dry and scentless. My grandfather pointed out to my father in what respects the appearance of

<지나간 것들의 기억>에서
프루스트가 스완네 집으로 가는 길에 핀
라일락을 묘사한 부분이다.

앞서 말했듯이 아버지는
돌아가시기 전 프루스트를 읽고 있었다.

가자, 층층나무 캐 오게.
산길에서 근사한 걸 봐 뒀어.

1) 우리는 잠시 울타리 앞에 걸음을 멈추었다.
라일락의 계절도 끝 무렵에 가까웠다. 어떤 것은
연보랏빛의 높다란 촛대 모양으로 아직 꽃의
섬세한 거품을 내뿜고 있었다. 겨우 일주일
전만 해도, 잎이 무성한 어느 부분에도 향기

높은 거품이 물결처럼 부서지고 있었건만, 지금은
김빠지고 메마르고 향기 없는 거품이, 졸아들고
거무칙칙하고 시들어 있었다.(참고: 마르셀 프루스트
지음, 김창석 옮김, <잃어버린 시간을 찾아서 1:
스완네 집 쪽으로>, 국일미디어, 1998, 194p.)

라일락에 이어 프루스트는
문학적 재량과 원예 지식을
한껏 펼쳐서 스완네 집
정원을 묘사한다.
특히 절정은 화자가
산사나무 울타리에 핀
분홍빛 꽃송이를 보고
황홀경을 느끼는 부분이다.

화자는 울타리 틈새로
스완네 집 정원을
더 깊숙이 들여다봤다.

정원에는 재스민과 버베나와 삼색제비꽃에
둘러싸인 채 한 소녀가 앉아 있었다.

어린 화자의 눈에는 소녀 질베르트와 소녀를 둘러싸고 흐드러지게 핀 꽃들이
달리 보이지 않았다. 화자는 소녀를 보자마자 사랑에 빠졌다.

프루스트는 사교계의 내로라하는 여성들과
뜨겁고 감동 어린 우정을 나눴다.

하지만 사랑에 빠진 상대는
거의 젊은 이성애자 남성이었다.

프루스트는 실제 주변 사람들의 젠더를 뒤바꿔 소설에 등장시키기도 했다.
예컨대 소설 속 화자의 연인 알베르틴은 프루스트의 동성 연인이자 비서이며
운전기사였던 알프레드를 그린 것이다.

아버지는 비서 겸 운전기사를
둘 만큼 여유롭진 않았다.

대신 가끔씩은 우리와 정원 일을 돌봐 줄
베이비시터 겸 조수를 썼다.

아버지가 그 청년들을 대하는 태도를 보면 무슨 난초라도 키우는 것 같았다.   (노래 가사) 범법자가 된 기분이에요…

난 나대로 그들의 소위
남성적인 매력을 동경했다.

사실 난 꽤 어릴 때부터
남성성에 관해서는 전문가였다.

우리 집이라는 전장에서 어떤 맹점*, 갑옷의 갈라진 작은 틈 같은 걸 감지했던 것이다.
불끈 쥔 두 주먹에 도드라진 힘줄처럼 단순하고 투박한 힘이 빠진 것처럼 느껴졌다.

* a gap in the circle of the wagons. 방어진의
맹점을 가리키는 말. circle the wagons는
'(초기의 미국 서부에서 미국인들이 아메리카
원주민의 저항에 맞서) 포장마차로 둥근 진을
만든다'는 말로, 벡델은 숙어를 활용해 TV 속
서부 영화와 문장을 조화시킴.

변두리 주유소에 가면 흙먼지를 뒤집어쓴 사슴 사냥꾼을 볼 수 있었다.
난 누런 작업용 부츠를 신고 머리를 짧게 쳐올린 그들을 아버지와 비교해 보곤 했다.

아버지에게 없는 면을 내가 메울 수밖에.

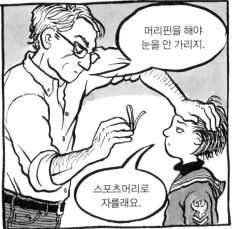

손위 사촌들이 부르는 별명을 들으면서
내가 잘하고 있다 느꼈다.

* butch. 기존 젠더 이분법 체제에서 소위
  '남성스럽다'고 여겨지는 특질을 지닌
  여성을 이르는 말. 현재는 레즈비언 커뮤니티 내
  용어로 자리 잡았다.

짤막하고 퉁명스러우며 마치
타악기 소리처럼 들리는, 의성어에 가까운
단어랄까. 아무튼 씨씨의 반대말이다.

아버지는 집안에서
절대 권력을 휘둘렀지만 내 눈엔 틀림없는
'어른 씨씨(Big Sissy)'였다.

너, 머리핀
또 어쨌어?

프루스트는 자신의 동성애 성향을
'도치(inverts)'*라는 개념으로 표현했다.
뒤떨어진 개념이지만 난 마음에 들었다.

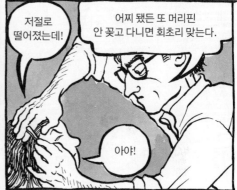

저절로
떨어졌는데!

어찌 됐든 또 머리핀
안 꽂고 다니면 회초리 맞는다.

아야!

성 도치는
'본인의 타고난 성별과
젠더 표현이 일치하지
않는 사람'을 뜻한다.
사실 동성애자를
정확하게 정의하는
말도, 충분히 설명하는
말도 아니다.

다만 아버지와 내 경우에는 충분할지도 모르겠다.
물론 우린 아주 드문 예시일 뿐이다.

5년 뒤

* inverts. 19세기 말 성과학 용어로 동성애자를
  여성 신체에 갇힌 남성, 남성 신체에 갇힌
  여성으로 이해해 나온 개념. 오늘날의 젠더
  불일치(gender dysphoria) 개념에 가까움.

아버지와 나는 그냥 도치가 아니었다. 서로가 서로의 도치였다.

서로가 목적이 엇갈린 전쟁이었다. 당연히 끝없이 나빠질 수밖에 없었다.

* straw hat. 밀짚 등 자연 소재를 엮어 만든
  모자를 총칭함.

아버지와 나 사이에도 실낱같은
비무장 지대는 있었다. 둘 다 소위 남성적인
아름다움에 곧잘 빠져들었던 것이다.

아버지가 벨벳 옷과 진주를
원했던 것처럼
나도 근육과 트위드 옷을 갖고 싶었다.

욕망하는 대상이
꽤 다르긴 했지만.

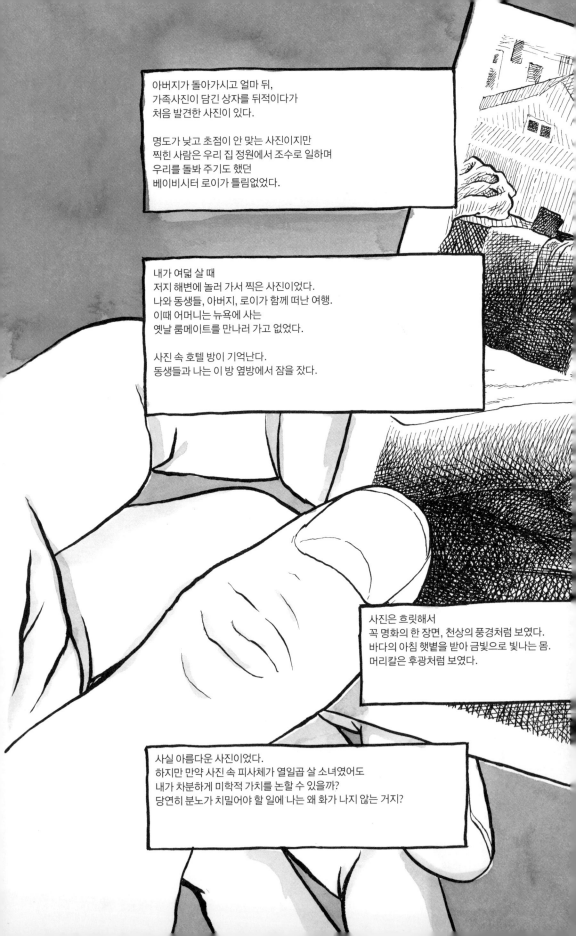

아버지가 돌아가시고 얼마 뒤,
가족사진이 담긴 상자를 뒤적이다가
처음 발견한 사진이 있다.

명도가 낮고 초점이 안 맞는 사진이지만
찍힌 사람은 우리 집 정원에서 조수로 일하며
우리를 돌봐 주기도 했던
베이비시터 로이가 틀림없었다.

내가 여덟 살 때
저지 해변에 놀러 가서 찍은 사진이었다.
나와 동생들, 아버지, 로이가 함께 떠난 여행.
이때 어머니는 뉴욕에 사는
옛날 룸메이트를 만나러 가고 없었다.

사진 속 호텔 방이 기억난다.
동생들과 나는 이 방 옆방에서 잠을 잤다.

사진은 흐릿해서
꼭 명화의 한 장면, 천상의 풍경처럼 보였다.
바다의 아침 햇볕을 받아 금빛으로 빛나는 몸.
머리칼은 후광처럼 보였다.

사실 아름다운 사진이었다.
하지만 만약 사진 속 피사체가 열일곱 살 소녀였어도
내가 차분하게 미학적 가치를 논할 수 있을까?
당연히 분노가 치밀어야 할 일에 나는 왜 화가 나지 않는 거지?

어쩌면 아버지가 품었을 배덕한 경외감에
너무 잘 공감할 수 있어서인지도 모르겠다.
감광지에 로이의 흔적이 남아 있듯이,
사진에 아버지의 심정이 고스란히 남아 있었다.

사진은 아버지 글씨로 "가족"이라 적은 봉투에
여행에서 찍은 다른 사진들과 함께 들어 있었다.

사진들은 모두 테두리에 '69년 8월'이 찍혀 있다.
그런데 아버지는 로이 사진에서만 '69'와 양쪽 작은 점을
파란색 매직펜으로 주의 깊게 가려 놨다.

참 이상야릇한 검열이다. 왜 8월은 그냥 두고 69년만 지웠을까?
아니, 애초에 지울 거면 왜 이 봉투에 로이 사진을 같이 넣어 뒀단 말인가?

증거를 숨기는 동시에 드러내기. 대외적인 이미지와
은밀한 현실 사이에서 곡예를 부리던, 딱 아버지다운 행동이다.

네거티브 필름에 네 장의 사진들이 이어져 있다. 바닷가에서 노는 동생들과
내가 찍힌 밝은 사진 세 장과 침대 위의 로이가 찍힌 흐릿한 사진 한 장.

<table>
</table>

프루스트가
소설 전체에 걸쳐
장치한 메타포가 있다.
화자의 가족이 산책할 때
갈 수 있는 두 갈래의 길,
스완네 집 방향과
게르망트 방향이다.
두 길은 처음에
서로 대조적인 것을
상징하는 듯 보인다.

부르주아 대 귀족, 동성애 대 이성애, 도시 대 시골,
에로스 대 예술, 은밀함 대 공공연함.

한데 작가는 소설 말미에서 두 갈래 길이 실제로는 하나로 모아지는 것을 밝혀낸다.
길은 처음부터 크고 넓은 '횡단선의 연결망'으로 이어져 있었던 것이다.

어머니는 블리커 거리의 엘리 아줌마네 집에서 묵고 있었다.

아버지가 어머니를 데리러 아파트로 올라간 사이에
로이가 우리와 거리를 산책했다. 8월 한낮의 불볕더위에 도시는 마치
오래 끓인 데미글라스 소스처럼 잔뜩 졸아들어 온갖 냄새를 풍겼다.

* Christopher street. 스톤월 항쟁이
  일어난 거리. 스톤월 항쟁은 성 소수자
  인권 운동의 기원이자 20세기의 가장 중요한
  혁명들 가운데 하나임.

내 기억 속엔 둥글게 모인 여러 사람들이 요동치듯 움직이는 장면이
환각처럼 남아 있다. 워싱턴 스퀘어 공원이었을 것이다.

어쩌면 간접 도취(Contact high)*였을까?
마약한 사람들이 분명 근처를 돌아다녔을 테니까.

아님 또 다른 간접 도취로 황홀감을 맛봤는지도.
지금 돌이키면 그즈음은 스톤월 항쟁이 일어나고
얼마 뒤였다.

We homosexuals plead with
our people to please help
maintain peaceful and quiet
conduct on the streets of
the Village. —Mattachine

물론 내가 그 전설적인 사건과
관련이 있다고 우기는 건 터무니없겠지만…

…그래도 채 가시지 않은 흥분,
저항의 입자 같은 것이 그 눅눅한
대기 중에 남아 있지 않았을까?

(간판) 스톤월 인

---

* 컨택트 하이. 마약에 취한 이를 접하거나 연기,
　냄새 등 간접으로 마약에 취하는 것.
** 우리 동성애자들이 여러분에게 간곡히
　부탁합니다. 그리니치 빌리지의 거리를
조용하고 평화롭게 유지할 수 있도록
도와주십시오. — 머타신 협회
(Mattachine Society. 1950년에 설립된
미국 동성애자 단체)

어쨌든 그날 오후는 십 년 전 부모님이 뉴욕에서 보낸 젊은 시절과
십 년 뒤 내가 보낼 청년기 사이에 놓인 기묘한 분기점이었다.

대학교에서 버스를 타고 어머니를 만나러 가는 아버지 모습을 그려 본다.
브룩스 브러더스에서 빌린 정장을 차려입고 크리스토퍼 거리를 걷고 있다.

나는 어머니가 살았던 옛집의 건물 현관앞을
밟아 봤을 뿐이지만 그 집을 생각하면 마치 내가
살았던 양 그리운 기분이 든다.

뉴욕에 몇 번 오면서
나는 차츰 그 동네에 익숙해졌다.

엄마 집은
어디였어요?

저 위에.
4-E호.

여긴 '첨리스'야.
아빠랑 자주 술 마시러
왔지.

술집이라고요?
간판이 없는데
어떻게 알아봐요?

그냥 알아서
알아보는 거시.

굉장하네요.

몇 년 뒤 레즈비언 친구들과
술집을 돌아다니다가 이 가게를
찾은 적이 있다.

입장료 인당
15달러입니다.

15달러요?!

순진했던 우린 '팔륙당한(eighty-sixed)' 줄도 모르고 그냥 나왔다.
그때는 '팔륙당하다'라는 말이 있는지도 몰랐다. 나중에야 그 말뜻을 알았는데 사전에 실릴 만큼
역사적인 일을 나도 경험했다는 게 놀라워서 굴욕감이 누그러졌다.

by this gun. 3. *Slang* A piano. [Sense 3, from this... keys.
eight·y·six or **86** (ā'tē-sĭks') *tr.v.* **eight·y-sixed, eight·y-six·**
ing, eight·y-six·es or **86·ed. 86·ing, 86·es** *Slang* **1.** To refuse to
serve (an unwelcome customer) at a bar or restaurant. **2a.** To throw out;
eject. **b.** To throw away; discard. [Perhaps after Chumley's bar and res-
taurant at 86 Bedford Street in Greenwich Village, New York City.]
-ein *suff.* A chemical compound related to a specified compound with

* 팔륙(eight·y·six) 또는 86 (타동사)
팔륙당하다(eight·y-sixed), **팔륙하기**(eight·y-
six·ing), **팔륙하다**(eight·y-six·es) 또는
86당하다, **86하기**, **86하다** (속어) 1. 식당이나

술집에서 (원하지 않는 손님에게) 서비스를
거부하다. 2a. 내쫓다; 퇴출하다. b. 버리다;
폐기하다. [뉴욕 그리니치 빌리지 86 베드포드
가에 위치한 첨리스 술집 겸 레스토랑에서 유래]

돌아보면 초보 레즈비언일 때,
술집에서 창피당한 적이 많았다.

대학을 졸업하고 뉴욕에 왔을 땐
자유로운 예술가의 피난처를 기대했지만…

…80년대 초 그리니치 빌리지는 냉정하고
여러 이해관계가 얽힌 곳이었다.

한번은 어머니가 오래전의
뉴욕 생활기를 들려준 적이 있다.

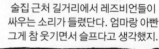

엄마가 내 마음을
돌리려고 한 얘기라면
계획은 완전히
실패했다. 난 오히려
50년대 레즈비언
'펄프 픽션(통속
소설)'에 나오는
경찰의 술집 단속이나
음지의 '크로스
드레싱' 문화에
심취했다.

(책 표지) 어둠 속 여자들

** Radical Women, 사회주의 기반의
급진적 페미니스트 단체
*** 1950-60년대 미국 일부 지역에서는
여자가 남성복, 남자가 여성복을 입는 것이
위법이었음.

내가 아이젠하워 시대*에 살았다면
나도 그 시대 부치들처럼 배짱 있게 살았을까?

아니면 결혼해
고등학생들에게서 구원을 찾았을까?

아버지가 갖고 있던 프루스트 소설의 판본에는 제4권 제목인 <소돔과 고모라(Sodome et Gomorrhe)>가 고상하게도 '평원의 도시'라 옮겨져 있었다.

(전단지) 맞춤 셔츠 제작

* Eisenhower-era. 미국의 1952년부터
  1961년까지에 해당함.

또 제2권의 원제는 <A l'ombre des jeunes filles en fleurs>인데,
그대로 옮기면 '꽃핀 소녀들의 그늘에서' 라는 뜻이다.

소매 끝을 접어
단추로 잠그는 거야.

그 판본은 제목을 <꽃망울진 숲속에서>라 옮겨
강조점을 에로스에서 식물로 미묘하게 틀었다.

하기야 프루스트가
열심히 묘사했듯
에로스의 세계와
식물의 세계가
상당 부분 겹쳤지만.

열두 살에 가슴이 생기기 시작할 무렵 그 간질간질하고 괴로운 느낌을
적절하게 표현할 만한 말도 '망울지다'란 단어다.

저도 맞춤 셔츠
입을래요. 프렌치
커프스 달린 걸로.

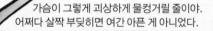

애초에 가슴이 생기길 바란 적도 없는데
아프기까지 할 줄은 상상도 하지 못했다.

가슴이 그렇게 괴상하게 물컹거릴 줄이야.
어쩌다 살짝 부딪히면 여간 아픈 게 아니었다.

부어오름

끝이 아픔

저도 입을 수 있어요? 프렌치 커프스 달린 흰색 줄무늬 셔츠요.

그러려면 네…… 부속물(appendages) 크기를 재 봐야 되는데.

아버지가 무슨 뜻으로 한 말인지 지금도 잘 모르겠다. 하지만 그 뒤로 더는 맞춤 셔츠를 사 달라고 조르지 않았다.

내가 열 살 때 아버지는 정원 일 도울 조수를 새로 구했다. 로이와 함께 해변에 놀러 갔다 온 지 이 년 뒤였다.

왜 항상 칼을 갖고 다녀요?

어디에든 편리하게 쓸 수 있거든.

빌은 야외 활동을 좋아하는 유형이었다.

그래서 우리는 바닷가로 가는 대신 캠핑을 떠났다.

그 베이컨이랑 우유를 어떻게 보관하려고?

거기 샘이 있어. 물에 넣어 두지 뭐.

엄만 왜 안 가요?

'불펜'이라 부르던
사슴 캠프장에 가는 계획이었다.

불펜은 앨러게니
고원의 숲속에 있었다.
이리 호수까지 쭉
펼쳐져 있는 숲이다.

지금은 대규모 노천 광산들이 개발되어 여기저기 구멍이 나 있다. 당시 동생들과 나는
산봉우리를 통째로 발가벗기는 무시무시한 굴착기를 볼 생각에 신나 있었다.

내 눈엔 깨끗하게만 보였다.

이유도 모르고 부끄러움을 느낀 아담과 이브처럼
나는 달력 속 발가벗은 사람이
나 자신인 것만 같은 기분을 느꼈다.

불펜에서 지내는 동안
동생들도 달력을 발견했다.

작업은 쉬고 있었지만
굴착기 기사는 운전석을 구경시켜 줬다.

그날 오후에 우리는
노천 광산을 구경하러 갔다.

운전석 안에 들어간 나는
절묘한 우연에 깜짝 놀랐다.

내가 여자라는 사실을
굴착기 기사 아저씨가 모르게
해야 할 것만 같았다.

존!
이리 와 봐!

왜?

이제부터
앨리슨 누나 말고
앨버트 형이라고
불러.

왜?

그냥 불러.

동생은 내 말을 듣지
않았다. 그래도 지금
생각하면 그때 내 행동은
퍽 조숙했던 것 같다.
프루스트식으로
성별을 바꾸는 전략을
쓰려고 했으니까.

이름에도 실제와 가상을
절묘하게 섞었다.
알프레드와 알베르틴.
앨리슨과 앨버트.

다음날 아버지는 장례식장 일이 생겨 마을로 돌아갔다. 빌은 동생들과 내게
22구경 권총 쏘는 법을 가르쳐 줬다. 그렇지만 우린 방아쇠조차 당기지 못했다.

민망해진 우린 캔 음료를 꺼내러
슬그머니 옹달샘 쪽으로 갔다.

검정쥐잡이뱀이었다. 나중에 알고 보니
길이가 2.1미터쯤까지 자라는 종이었다.

빌 아저씨가 권총을 꺼내 드는
것을 보고 나는 깜짝 놀랐다.

뱀이 흔적도 없이 사라져서
당황했지만 한편 다행이다 싶었다.

집으로 돌아오는 길, 나는 원죄를 저지르고 타락한 사람인 양 비애에 잠겼다. 일종의 통과의례를
제대로 치러 내지 못한 기분이었다. 삶의 가능성이 더는 무한하게 생각되지 않았다.

아버지도 그때 나처럼 큰 뱀을 본 걸까?

뱀이란 짜증 날 만큼 애매모호한 원형이다.

물론 남근도 상징한다. 그렇지만
아득하게 먼 옛날부터 보편적으로 소위
'여성적인' 속성을 상징해 왔다.

어쩌면 뱀의 이런 정확하게 나뉘지 않는,
비이원(non-duality)적인 특징이 핵심일지도.

막, 막
물을
먹었어요!

무지무지
컸어요!

얼른
목욕해라.

뱀을 보면 마음이 거북한 것도
그런 이유 때문일 것이다.

뱀은 순환이라는 뜻도 있다.
삶과 죽음, 생성과 파멸의 순환.

이거 봐.
머릴 길러서 뒤로 묶으면
이렇게 보일 거라고.

엄마아!

안녕히
주무세요.

THE
WORM
OUROBOROS
EDDISON

(책 표지) 우로보로스 용, E. R. 에디슨

어찌 보면 아버지의 끝은
내 시작이라 할 수도 있다.

더 정확히 쓰자면
아버지가 버텨 온 거짓의 끝이
내 진실의 시작이라고 해야겠다.

나도 아주 오랫동안 거짓말을 해 왔기 때문이다.
어쩌면, 네다섯 살 때부터.

아버지가 필라델피아로 출장 가면서
나를 데려간 적이 있었다.

시내의 어느 간이식당에서…

…우리는 불온한 광경을 봤다.

내가 뭐라 답할까?

하지만 그 다이크* 트럭 운전사의 모습은
오랫동안 내 머릿속을 떠나지 않았고…

…어쩌면 아버지 역시 그랬을지도 모른다.

아빠가 돌아가신 뒤에,
프루스트 소설의 번역 개정판이 나왔다.
<지나간 것들의 기억>이라는 제목이
<잃어버린 시간을 찾아서>로 바뀌었다.

새 제목은 원제인 <À la recherche du temps perdu>에 더 가깝지만
'빼르듀(perdu)'의 뉘앙스는 여전히 잘 살리지 못한 느낌이었다.

(책 표지) 게르망트 쪽으로, 마르셀 프루스트

* dyke. 레즈비언, 부치.

번역 과정에서 '잃어버린'이 지닌 여러가지 뜻을 '잃은' 것이다.
나는 로이 사진을 찾아낸 상자에서 아버지가 로이 정도 나이였을 무렵 찍은 사진을 찾았다.

사진 속 아버지는
여자 수영복을 입고 있었다.
친구들과 장난쳤던 것일까?
하지만 포즈를 취한 아버지 모습엔
점잔 빼거나 우스워하는 느낌이
전혀 없었다. 아버지는 날렵하고
우아해 보였다.

또 다른 사진에선
스물 두 살의 아버지가 방수포를 깐
학생회관 옥상에서 일광욕을 즐겼다.
사진 찍어 준 남자는 아버지의 애인이었을까?

내 스물한 번째 생일날
건물 비상구 앞에서 폴라로이드
사진을 찍어 준 여자가
내 애인이었던 것처럼?

건물 외부라는 배경,
가슴 저미는 미소, 구부린 손목,
심지어 얼굴에 드리운 그늘 각도까지.
아빠와 내 사진은 마치
잘 옮긴 번역문처럼 꼭 닮았다.

5장

죽음의 카나리아색 마차

아버지가 돌아가시기 이틀 전, 나는 둘이서 '불펜'에 올라가는 꿈을 꿨다.
나무 사이로 장엄한 일몰이 시작되고 있었다.

아버지는 별 반응이 없었다. 나는 뛰어올랐다.
맨발에 보들보들한 이끼가 밟혔다.

아버지가 언덕 끝에 다다랐을 땐
태양이 벌써 지평선 너머로 숨은 뒤였고,
화려한 노을빛도 사라지고 없었다.

만약 예지몽을 꾼 것이라면, 죽음이 일몰로 암시된 건
지나치게 감상적인 비유가 아닐까 싶다.

아버지한테 광채 비슷한 것이 있긴 했다.

워낙 일광욕에 심취해선지 모르지만.

성당
가는 길

어쨌든 아버지가 돌아가시면서 집안 분위기는 별안간에 암울해졌다.
장례식 전날에 사촌은 해마다 하던 불꽃놀이 행사를 연기했다.

왜?

어…… 글쎄,
예의 좀 지키려고.

나는 더 퉁명스러운 대답이
돌아오길 바랐다. 예컨대,
"이 멍청아, 너네 아버지가
죽었으니까 그렇지." 같은.

정작 나 자신은 멍한데 온갖 애도의 말이 쏟아져 짜증이 치밀었다.
입에 발린 소리처럼 들렸다. 만약 우리가 진실만을 말한다면 어찌 될까?

답은 영영 알 수 없었다.

아버지가 달리 살 수도 있었을까? 이런 생각을 할 때면 마을의 지리적인 조건부터 떠오른다.1)

BEECH CREEK — Bruce Bechdel, 44, of Maple Avenue, Beech Creek, well-known funeral director and high school teacher, died of multiple injuries suffered when he was struck by a tractor-trailer along Route 150, about two miles north of Beech Creek at 11:10 a.m. Wednesday.

He was pronounced dead on arrival at Lock Haven Hospital while standing on the berm, police said.

Bechdel was born in Beech Creek on April 8, 1956 and was the son of Dorothy Bechdel Bechdel, who survives and lives in Beech Creek, and the late Claude H. Bechdel.

He operated the Bruce A. Bechdel Funeral Home in Beech Creek and was also an English teacher at Bald Eagle-Nittany

Institute of Mortuary Science.

He served in the U. S. Army in Germany.

Bechdel was president of the Clinton County Historical Society and was instrumental in the restoration of the Heisey Museum after the 1972 flood and in 1978 he and his wife, the former Helen Fontana, received the annual Clinton County Historical Society preservation [award] for the work at their 10-[room Vi]ctorian house in Beech [Creek.]

아버지가 비치 크리크(Beech Creek)의 중력으로부터 벗어날 수만 있었다면. 그랬다면 아버지의 특별한 태양이 그렇게 느닷없이 지지 않았을지도.

gardening and stepped onto the roadway. He was struck by the right front portion of the truck

degree from The Pennsylvania State University. He was also a graduate of the Pittsburgh

[He wa]s a member of the [America]n Society of America, [boa]rd of directors of the [Mill]ock Playhouse, National Council of Teachers of English, Phi Kappa Psi fraternity and was a deacon at the Blanchard

1) **비치 크리크**—**비치 크리크** 메이플 가에 사는 장의사 겸 고등학교 교사인 브루스 벡델 씨가 44세의 나이로 별세했다. 벡델 씨는 수요일 오전 11시 10분에 **비치 크리크**에서 3km 가량 떨어진 150번 도로에서 트럭에 치여 중상을 입었으나 이내 숨졌다.
사망 선고는 헤이븐 병원에서 이루어졌으며 정원을 돌보다가 도로로 뛰어들었다. 경찰은 갓길에 서 있다가 트럭에 정면으로 충돌했다고 전한다.
벡델 씨는 1936년 4월 8일 **비치 크리크**에서 어머니 도로시 벡델 씨와 아버지 고 클라우드 H. 벡델 씨의 아들로 태어났다. **비치 크리크**에서 브루스 A. 벡델 장례식장을 운영했으며, 볼드이글니터니 고등학교에서 교사로도 재직했다. 펜실베이니아 주립 대학교를 다녔다. 또한 피츠버그대학 장례지도과도 졸업했다. 독일에서는 주독 미군으로 복무했다.
벡델 씨는 클린트 역사학회의 회장이었으며, 1972년 및 1978년에 홍수 피해를 입은 헤이시 박물관 복구에 큰 공헌을 했다. 벡델 씨와 아내 헬렌 폰타나 벡델 씨는 **비치 크리크**에서 빅토리안 양식 저택을 복구한 성과로 클린트 역사학회에서 상을 수여했다.
벡델 씨는 미국 ○○협회, ○○극장 연출팀, 국립영어교사위원회, 파이 카파 프시 클럽에 소속된 회원이었으며 블랜처드 성당의 부제였다.

어쩌면 지리적인 특성상 어떤 끌어당기는 힘이 정말로 있었을지도 모르겠다.

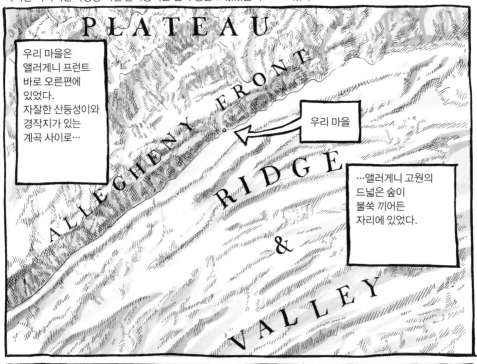

앨러게니 고원이 속한 애팔래치아 산맥은 대부분 능선이 하드리아누스의 성벽(120km)보다 길다. 이는
오래 전부터 외부와의 문화 교류를 방해해 왔다. 예컨대 할머니 성씨는 할아버지와 결혼하기 전에도
벡델이었다. 또 우리 마을 인구가 팔백 명인데, 전화번호부상 벡델로 등록된 집이 스물여섯 세대나 되었다.

아버지가 어릴 때부터 이미 어렵지 않게 산을 우회해
다른 지역으로 차를 몰고 다닐 수 있었는데도 그랬다.

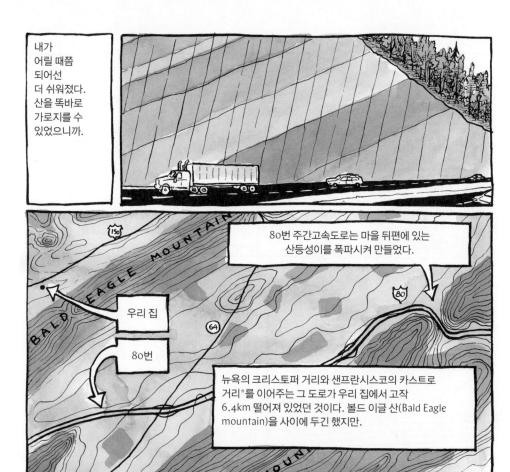

내가 어릴 때쯤 되어선 더 쉬워졌다. 산을 똑바로 가로지를 수 있었으니까.

80번 주간고속도로는 마을 뒤편에 있는 산등성이를 폭파시켜 만들었다.

우리 집

80번

뉴욕의 크리스토퍼 거리와 샌프란시스코의 카스트로 거리*를 이어주는 그 도로가 우리 집에서 고작 6.4km 떨어져 있었던 것이다. 볼드 이글 산(Bald Eagle mountain)을 사이에 두긴 했지만.

영광의 도로를 가로지르는 차 소리가 들릴 법하건만, 이 거대한 둔덕은 약간의 소음마저 차단했다.

무덥고 조용한 밤, 유난히 습도가 높아 소리가 잘 퍼질 때만 빼곤.

* 각각 뉴욕과 샌프란시스코에서 성 소수자의 거리로 알려져 있음.

해가 안개로 둘러싸여 푸르스름한 볼드 이글 산 옆구리 위로 떠올랐다가,

(1974년엔 해돋이를 숱하게 봤다.
심각한 에너지 위기 사태가 닥쳐서
연중 내내 서머타임을 실시한 덕분이다.)

노천광 개발로 인해 움푹 패인
고원 너머로 저물었다.

고원에서 우리 마을로 흘러가는
개울물이 반짝인 것도 비슷한 까닭이었다.
오염됐던 것이다.

해넘이 땐 화려한 저녁놀이 함께였다.
대기오염방지법이 시행되기 전,
16Km 가량 떨어진 제지 공장에서
미립자를 뿜어냈기 때문이다.

광산에서 유출된 액체의
산성이 너무 강해서 어떤 생명체도
개울물 속에 살 수 없었다.

물고기 한 마리 없는 개울에 발을 담그고 연어색 하늘에 넋을 잃으며, 나는 역설을 몸소 터득했다.

<일요일 아침>에서 월러스 스티븐스가 썼듯 "죽음은 아름다움의 어머니"라는 것.

그 솜씨에 기가 죽은 나는 내 글에 아버지의 문장을 덧붙여 썼다.

그림 같은 풍경에 둘러싸여 자라다 보니 나도 시에 도취됐다. 일곱 살 때였다.

봄 / 봄은 너무도 아름다워 / 눈도 얼음도 하나 없어

아버지한테 보여드리자 아버지는 즉석에서 둘째 연을 지었다.

라일락 튤립 수선화가 창 너머 빼꼼 인사하지.

그러고는 수채화로 우중충한 석양을 그려 넣었다.

그림 속에는 한 남자가 서 있다.
빛을 보기 전에 저문 자신의 예술적 재능을 바라보는,
내 슬픈 자아의 대변인이다.1)

우리 집에는 커다란 색칠공부책이 있었다.
E. H. 셰퍼드가 그린 <버드나무에 부는 바람>
삽화로 만든 것이었다.

(책 표지) 버드나무에 부는 바람 색칠공부책

그 뒤로 나신 시를 쓰지 않았다.
얼마 뒤에는 그림도 그만뒀다.

아버지는 색칠공부책에는 없는 이야기를 조금씩
들려줬다. 그중엔 매력 만점의 소시오패스 같은
두꺼비 토드가 집시 마차를 사는 이야기도 있었다.

하루는 마차를 미드나잇 블루*색으로 칠하고 있었다. 내가 가장 좋아하는 색이었다.

1) 봄
봄은 너무도 아름다워
눈도 얼음도 하나없어!
라일락 튤립 수선화가
창에 빠끔 인사해.

* midnight blue. 아스라이 어둠의 빛이
감도는 색으로, 검은색에 가까운 청색.

아버지의 그림은 크레용으로 된 명화였다.

어머니의 재능도 주눅 들긴 마찬가지였다. 한번은 어머니를 따라 어느 집에 갔는데,
웬 낯선 남자와 잘 아는 사이처럼 논쟁을 벌이는 거였다.

연극 연습이었다.

(책 표지) 아메리칸 드림, 올비

어머니는 피아노 솜씨도 훌륭했다.
다우니 섬유유연제 CF에 나오는 곡도
칠 줄 알았다.

아버지가 돌아가시고 몇 년이 지난 어느 날, 엄마는 낡은 테이프 레코더로 연극 리허설을
녹음했다. 본인이 맡은 배역의 대사만 비워 두고 대본을 죽 읽는 식으로.

(책 표지) 아침은 7시, 폴 오스본

어머니는 녹음이 잘 되는지 확인하려고
재생 버튼을 눌렀는데…

테이프에서 아버지의 음성이
흘러나오더란다.

어머니는 무덤 속 아버지 목소리를 듣자
가슴이 덜컥 내려앉았다고 했다.

집주인은 지붕이며 현관, 굴뚝,
벽난로, 벽, 목재부 등을 전부 바꿨습니다.
그러자 변호사 집안에 걸맞은 세련되고
번듯한 집이 완성되었지요.

우리 집 얘기가 아니었다.
아버지는 지역 역사학회에서
주최하는 박물관 가이드 투어를
준비하고 있었던 것이다.

이어서 동쪽 응접실로 이동해 보면
벽지는 소용돌이 장식이
뚜렷하게 보이는 로코코 양식이고
카펫이 바닥 전면을 뒤덮고 있지요.
이 집의 명물이라고 하겠습니다.

SYNCHRO START

이 겹쳐 녹음된 테이프에는
부모님 각자가 원하는 바
일에 몰두한 증거가 남았다.

…밀어줘도 된다는군.
따, 딸깍… 문설주가 있고
판유리 여섯 장으로…

BASS RETURN

일에 열중하던 부모님을 생각하면
원망스러운 기억이 떠오른다.

철부지 같은가? 부모님이
창조적인 활동을 하며 자기 시간을
보낸다고 해서 억울해한다면.

나 배고파!

15분만 이따가
점심 차려 줄게.

하지만 우리 부모님은 오직
예술에만 마음을 쏟았다.

어느새 나도 부모님을 본받아
혼자 노는 법을 터득했다.

하지만 악순환이었다. 각자가 자기 천재성에 만족할수록 점점 더 자기만의 방에 고립됐으니까.

우리 집은 예술가들이
모여 사는 공동 주택 같았다.
식사만 같이 했을 뿐 다른 때는
모두 저마다의 일에 몰두했다.

이렇게 고립된 세계 안에서
우리의 창작 활동은
강박적인 양상까지 띠었다.

내게 실제로 강박증이 생긴 건 열 살 때였다.

홀수와 13의 배수는 무슨 일이
있어도 피하고 싶었다.

개수가 짝수로 맞아떨어지지 않으면,
자잘한 부분까지 포함시켜 기어코 짝수로
만들었다. 나사못에 팬 작은 홈이라거나.

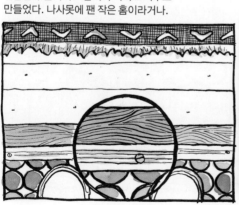

문지방을 넘을 때도 시간이 걸렸다.
눈에 보이는 바닥재의 경계선 개수를
전부 세어 봤기 때문이다.

그 다음엔 문간을 떠다니는 먼지 비슷한 물질에
신경이 쓰였다. 나는 그 물질이 마치 천 휘장처럼
모든 물체에 늘어져 있다는 걸 깨달았다.

물질을 끊임없이 모은 다음에
흩어트려서 몸에 닿지 않게 했다.
어쩌다 마시거나 삼키지 않도록 말이다.

하지만 부단하게 조심하고 노력해도
충분하지 않았다. 홀수와 13의 배수는
어디나 널려 있었고,

보이지 않는 유해 물질도 마찬가지였다. 아무리 없애려고 해도
늘어나기만 했다. 결국 나는 임시방편을 동원하기에 이르렀다.

예를 들어 강박적인 사고 때문에 문지방을 넘지 못하면
특별한 주문을 외우는 식으로.

엔도라! 당장 날
원래대로 돌려놔!

또 효과가 있었는지 확인하려고 주문을
반복해서 읊기도 했다. 어쩔 땐 손짓까지 섞어 가며.

하루가 잘 풀린 날이면 그날의 조건을
가능한 한 똑같이 되풀이하려고 애썼다.
그렇지 못한 날엔 방식을 조금 바꿨다.

엄마! 누나
또 저래요!

화요일엔… 스코틀랜드
브랜드 티셔츠를 입지 말자.

삶은 고된 일과의 연속이었다.

(보이지 않는 유해 물질은 치우자마자 생겼고 몸에 닿지 않게 다시 치워야 했다.)

저녁에 옷 벗는 순서가 틀리면
옷을 도로 입고 처음부터 다시 벗었다.

(세 번째)

신발을 정리할 때도 가지런히 두려고 몇 분씩 세심하게
공을 들였다. 어느 한쪽만을 편애하지 않도록.

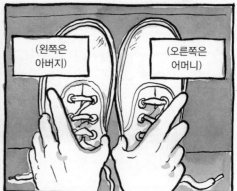

(왼쪽은
아버지)

(오른쪽은
어머니)

이런 일을 하느라 지치더라도, 잠들기 전 동물 인형들한테 차례대로 입을
맞춰 줬다. 하나씩 마음을 담아 정성껏. 그러고는 세 마리 인형 중 한 마리를
침대로 데려왔는데, 엄마 아빠 아기 인형을 돌아가며 안고 잤다.

진부한 얘기긴 하지만,
몇 년째 아무도 나한테 굿나잇 키스를
해 주지 않았던 것이다.

하루는 어머니가 내 행동을 걱정하며 말했다.

스폭 박사의 책을 읽고서 엄마가 던진 말이었다.
나도 한참 붙들고 있었던 유익한 책이다.

강박 행동이 묘사된 부분은
내 증상과 굉장히 비슷했다.

정말 너무 똑같아서, 책에서 보고 배운 게 아닐까 의심스러울 정도로 말이다.1)

> ## FROM SIX TO ELEVEN
>
> feeling that you ought to. It's what a psychiatrist calls a compulsion. Other examples are touching every third picket in a fence, making numbers come out even in some way, saying certain words before going through a door. If you think you have made a mistake, you must go way back to where you were absolutely sure that you were right, and start over again.
>
> Everyone has hostile feelings at times toward the people who are close to him, but his conscience would

1) **6세에서 11세까지**
무언가를 해야 한다는 관념에 사로잡히는
것을 정신의학에서는 강박증이라고 부릅니다.
예를 들면 울타리의 세 번째 말뚝마다 만지기,
숫자를 어떻게든 짝수로 맞추기, 문을 지날

때마다 특정한 말을 하기 등이 있습니다.
중간에 실수를 했다고 생각되면, 실수하지
않았다고 믿는 구간으로 돌아가 다시
시작해야 합니다.

내 행동이 억압된 적대감 때문이라니, 말도 안 됐다. 나는 더
구체적인 설명을 발견하기 위해 책을 계속 읽어 나갔다.

하지만 신경성 습관이나 불수의 경련도
내게 강박 의식을 행하게 한
소멸의 공포에 비하면 하찮게 느껴졌다.

그래도 난 스폭 박사의 책을 좋아했다. 책을
읽으면서 내가 주체이자 객체가 되는 흥미로운 경험을
했다. 어린 나의 관점과 부모님의 관점에서.

한데 우리 가족이 사실상 예술가 공동체에 가깝다면,
경증의 자폐인 집단이라고 해도 꽤 적절한 설명 아닐까?

* 비토 성인의 춤. 무도병(舞蹈病), 몸의
  일부가 갑자기 제멋대로 움직이거나 경련을
  일으키는 병. 얼핏 춤을 추는 것 같이 보이므로
  무도병이라 부름.

또한 아버지의 인생은
자기중심의 순환 그 자체였다.
독학으로 공부하고 독재자로 군림하다
독단으로 자살하기까지.

태어남

죽음

삶

묻힘

강박 성향은
나만의 자서전,
그러니까
일기에까지
영향을 미쳤다.

강박증을 겪고 있을 무렵
나는 일기를 쓰기 시작했다.

아버지가 거래처에서 받은
메모식 달력을 준 덕분이었다.
그것은 꼭 죽음을 상징하는
별난 물건 같았다.

(수첩) 레이 봉안당 Co. 펜실베이니아 주 타이론 군 684-0104

마침 첫 일기를 쓴 날도
해마다 날짜가 바뀌는 기독교 축일,
재의 수요일*이었다.1)

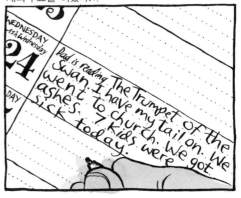

사실 첫 문장은 아버지 글씨다.
나한테 시범을 보이려 한 것 같다.

그냥 무슨 일이
일어났는지
쓰면 된단다.

핼러윈
분장의 흔적

* 사순절의 첫날. 머리에 재를 뿌리는 의식에서
  비롯된 이름.
1) **24일 (수)** 아빠는 책을 읽으신다. <백조의

트럼펫>이라는 책이다. 나는 꼬리를 안 뗐다.
가족들이랑 성당에 다녀왔다. 재를 뒤집어썼다.
아픈 애들이 일곱 명이나 있었다.

일기는 담백하게 이어졌다.
얼마 안 있어 일기장을
보험사 판촉물로 나온 수첩으로 바꿨다.
공간이 더 많았기 때문이다.2)

하지만 4월이 되자 문장 사이마다
깨알 같은 글씨로 '아마'라는 단어가
등장하기 시작했다.3)

Friday MARCH 26

7 8
14 15
21 22
28 29

It was pretty warm out.
I got out a Hardy Boy
Book. Christian threw
sand in John's face.
He started to cry. I
took him in. We went

I finished ᴵᵗʰⁱⁿᵏ "The Cabin
Island Mystery."
Dad ordered 10 reams
of paper! ᴵ ᵗʰⁱⁿᵏ We watched
The Brady Bunch.
I made popcorn. ᴵ ᵗʰⁱⁿᵏ There
is popcorn left over

말하자면 인식론적인 위기였다.
내가 쓰는 내용이 절대적이고
객관적인 사실인지 어떻게 알 수 있나?

단순 서술문은 아무리 잘 봐줘도 오만한 느낌이었다.
심하게 말하면 아예 거짓말 같았다.   (책등) 하디 보이즈

내가 말할 수 있는 건
내가 지각하는 것뿐인데.
심지어 그 지각은 올바르기나 한가?

가장 의미가 분명해야 할 어휘조차
내 펜 아래선 희미하게 적혔다.4)

2) **3월 26일 (금)** 날씨가 꽤 따뜻했다. 나는
추리소설 <하디 보이즈> 시리즈를 빌렸다.
크리스천이 존 얼굴에 모래를 뿌려 존이 울었다.
내가 존을 데리고 들어갔다.

3) <오두막 섬의 수수께끼> 편을 다 읽었다.(아마)
아빠가 종이를 5000장이나 주문했다!
다 같이 <폭소 펀치>를 봤다.(아마) 나는 팝콘을
튀겼다.(아마) 다 안 먹고 남았다.

4) 펀치를 봤다. 팝콘을 튀겼다. (아마

내게 있어 '아마'는 기표와 기의*의 간극을 메우는 섬세한 봉합선이었다.
심지어 뜻을 강조하려고 몇 번이고 쓰다 보니 얼룩이 되어 버리기까지 했다.1)

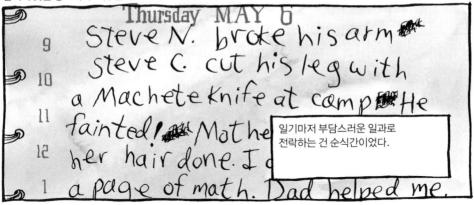

> Thursday MAY 6
> 9
> Steve N. broke his arm
> 10
> Steve C. cut his leg with
> a Machete knife at camp. He
> 11
> fainted! Mother
> 12
> her hair done. I
> 1
> a page of math. Dad helped me.

> 일기마저 부담스러운 일과로
> 전락하는 건 순식간이었다.

어머니는 내게 관심을 가져 주면 도움이 될 거라 판단했던 모양이다. 그래선지
목욕하는 동안 책까지 읽어 줬다. 너무 과하고, 너무 늦은 조치였다.

(책 표지) 조니 트리메인

> ...113, 114, 115, 116...

> 한쪽 손을 못 쓰게 된
> 은 세공인이 무슨 쓸모가
> 있겠어?

> 나는 어머니가 언제 말을 멈출지 모른다는 불안에 사로잡혀
> 이야기를 제대로 감상할 수 없었다.

일기장은 더욱더 심각해졌다.
시간을 아끼려고 '아마'를 축약한 기호를
만들어냈다. 곡선이 진 악센트 형태였다.2)

> SCHOOL. Tammi came
> down.∧ We played
> casket with an old
> box.∧Dad wanted
> me to sweep the
> patio.∧He said I

곧 이름과 대명사 위에 기호를
그리기 시작했다.
마치 이름의 주인들한테서
악마를 쫓는 부적처럼.3)

> Sun. JUNE 13
> Mother +∧went
> to church. Molly
> came home with us.
> We went swimming.
> Dad +∧brought up the
> cushions for the

---

* 언어학자 소쉬르가 도입한 개념. 기표는
기호의 형태를, 기의는 기호의 내용을
가리킴.
1) 5월 6일 (목) 스티브 N은 팔이 부러졌다
(0000). 스티브 C는 캠프장에서 다리를
칼에 베였다(0000). 게다가 기절했다!
(0000). 어머니가 머리를 손질하셨다. 나는
수학 숙제를 한 페이지 풀었다. 아빠가
도와주셨다.
2) 태미가 놀러 왔다. ∧ 둘이서 낡은 상자로
관 놀이를 했다. ∧ 아빠가 테라스를
청소하라고 했다. ∧ 그리고 또
3) 6월 13일 (일) 나랑 엄마랑 성당에 갔다.
몰리가 우리 집에 놀러 왔다. 우린 같이
수영을 했다. 아빠랑 내가 쿠션을 가져왔다.

그러다 그냥 일기장 위에
통째로 그리면 된다는 걸 깨달았다.

8월 중순 즘엔 난해한 수준이
되어 있었다. 불펜에 캠프 겸 통과의례
여행을 갔을 때다.4)

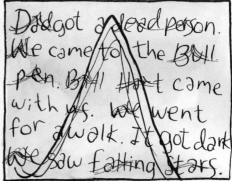

정신적으로 큰 충격을 받은 모험이었지만, 그에 비해 일기는 매우
날림이었다. 핀 업 걸도, 노천광도, 빌이 갖고 있던 22구경 권총에 대해서도
쓰지 않았다. 단지 뱀을 본 이야기만 그것도 지극히 간단하게 쓰여 있었다.5)

역시 말과 의미
사이에 간극이 있었다.
내 보잘것없던
언어 능력으로는
그날 치른 경험의 무게를
감당할 수 없었던 것이다.

4) 아빠는 죽은 사람을 돌봤다. 우리는 불펜에
   놀러 갔다. 빌도 같이 갔다. 산책을 나갔다.
   날이 어두워졌다. 별똥별을 봤다.

5) **8월 14일 (토)** 우린 뱀을 봤다.
   우린 점심을 먹었다.

우리 마을에선 불펜을 '저기 산 너머에 있는 곳'이라고만 일컫는데,
그것은 일련의 언어적 오류다. 산이란 사실상 고원이다. 태고의 원시성을 간직한
앨러게니 프런트 너머에선 언어의 구체성도 묻혀 버린다.

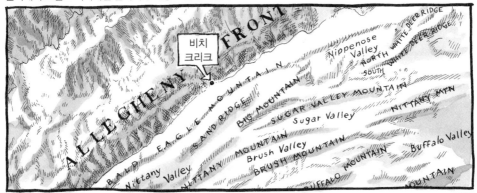

80번 고속도로를 따라 뉴욕 시로 달리다 보면 사물의 이름만 지워지는 것이 아니다.
빠른 속도와 포장된 길은 친밀하고 세세한 풍경의 윤곽을 지워 버린다.

결국
도시의 익명성
속에서라면
아버지도 목숨을
구했을지 모르지만,
아버지가
비치 크리크 아닌
다른 곳에서
사는 모습은
상상할 수 없다.

박물관 투어 테이프를 들으면서 아버지의 말투에 펜실베이니아 억양이 강해
놀랐다. 세련된 주제를 논하고 있음에도 시골뜨기 느낌이 났다.

아버지의 말버릇을 잊고 있었다.
나도 모음을 길게 늘이는 습관이
있었지만, 아버지가 돌아가실 즈음에는
거의 뿌리 뽑았기 때문이다.

대학 친구들이
하도 놀려댄 탓이다.

누가 보낸 거야?

우리 아버지.

늭 아아-부지?!

우리 아버지!
됐지? 아-버-지.

하지만 아버지의 삶은 뿌리가 깊었다.

군 복무 시절,
아버지는 휴가 때
어머니를 자신의 고향으로
초대할 계획을 세웠다.1)

I have things to do at home. A dogwood to put in the front lawn. Sawdust to put around the foundation planting. I want to work in the earth. There are places I will show you. The farm, The jungle, The old canal. Do you understand?

그 전에는 비치 크리크의 겨울 정경을 묘사한 편지도 보냈다.2)

Yesterday we skated on Beech Creek for miles through the silvery grey woods. How can I explain the creek? there are holes and crusty spots and solid mirrorlike passageways. It's dark bluish green under the iron bridge. Then on down between the island and the locks of the old canal the ice is like crystal and pale green weeds wave back and forth over blue rocks.

1) 고향에서 할 일이 있어. 앞뜰에.
산딸나무를 심어야 하고, 기초 식재에 톱밥도
뿌려야 해. 정원 일을 하고 싶어. 당신한테
보여줄 곳도 있어. 농장, 숲 속, 낡은 운하.
나를 이해해 주겠어?

2) 어제는 비치 크리크에서 스케이트를 탔어.
은회색 숲 속에서 몇 킬로미터씩이나. 이곳의
개울을 어떻게 설명하면 좋을까. 개울에는
구멍이 난 곳도, 딱딱하게 얼어붙은 곳도
있고, 단단한 거울처럼 매끄러운 길목도

있어. 철교 아래는 푸르스름한 초록빛
어둠을 띠고 있지. 낡은 운하의 수문
사이와 섬 사이에는 얼음이 수정처럼
반짝거리고, 파란 바위들 틈에서 창백한
초록빛 물풀이 춤을 춰.

<버드나무에 부는 바람> 색칠공부책에는 지도가 있다. 내가 가장 좋아하는 그림이다.

A MAP OF THE WILD WOOD AND SURROUNDING COUNTRY

(지도 제목) 우거진 숲의 주변 지도

그림 속 풍경과 우리 마을이 꼭 닮은 것을 나는 이상하게 여기지 않았다.
우리 마을 냇물도 물쥐네 강과 같은 방향으로 흘렀다.

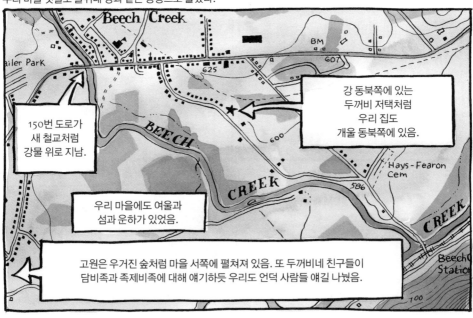

하지만 <버드나무에 부는 바람> 지도에서 가장 멋진 부분은 상징과 실제,
부호와 대상 사이에 신비한 다리가 놓여 있다는 점이다. 지도인 만큼 도표이기도 했지만
그와 동시에 살아 숨 쉬는 것처럼 생생한 그림이었다. 자세히 들여다보면…

…자동차를 타고 달리는 두꺼비가 보이는가?
두꺼비 토드는 카나리아색 마차에
흥미가 떨어져 자동차를 새로 샀다.

강박장애에 걸렸던 그해 9월,
150번 도로에서
끔찍한 사고가 있었다.

자동차 추돌로 세 명이 사망한 것이다.
사고 지점은 9년 뒤 아버지가 돌아가신 데서
불과 3km 남짓 떨어진 곳이었다.

관을 한꺼번에 세 개씩 준비하긴 처음이었다.

벡델
장례식장입니다.

피해자 중엔
먼 사촌뻘쯤
되는,
내 또래
남자애도
있었다.

목이 부러져 죽은 거라고, 아버지는 소년의 죽음을 설명했다.

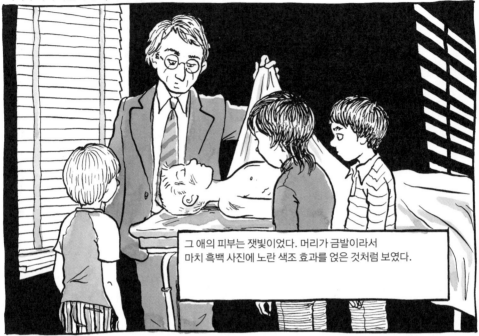

그 애의 피부는 잿빛이었다. 머리가 금발이라서 마치 흑백 사진에 노란 색조 효과를 얹은 것처럼 보였다.

그 주 주말의 일기는 거의 알아볼 수 없다.[1]

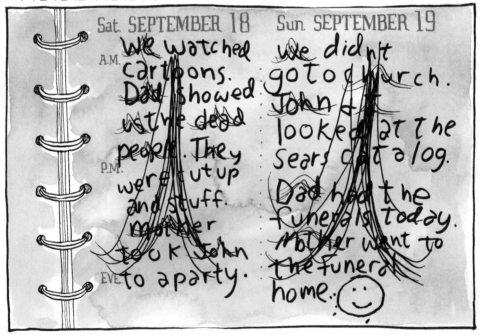

다음 월요일부터 내 어수선한 글씨가 뚝 끊기고
대신 어머니의 깔끔한 문장이 등장한다.2)

그 뒤 두 달 동안,
어머니는 내 말을 받아 적었다.
내 '손 글씨'가 나아질 때까지.

Monday SEPTEMBER 20
Jewish New Year

We got up late.

I got a cold. We had art.
We're doing repoussé with
copper. Mother brought
my math book to school.
Becky's snake got out!
We watched Laugh-In. J

화재 대피 훈련을 했다.
초콜릿 캔디를 먹었다.
어… 머리를 감았다.

내 증세는 서서히 나아졌다. 벽걸이 달력에는 하루에 하나씩,
특정 강박 행동을 중단할 마감일을 스스로 정해 적었다.3)

3 Do english Workbook out of order	4 Stop folding towels funny.	5 Get out Dad's side of car.	6 Don't worry. You're safe.	7 Toss shoes	8
10	11 Wear "Scots" T-shirt	12	중간 중간에 소소한 응원의 말도 적어 뒀다.		

회복되어 가긴 했어도 인생이 혼란스럽다는 사실을 기쁘게 받아들인 건 아니었다.
행동을 그만두는 것도 행동을 계속할 때만큼이나 강박적으로 애써야만 했다.

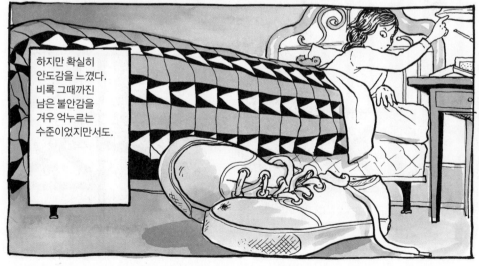

하지만 확실히
안도감을 느꼈다.
비록 그때까진
남은 불안감을
겨우 억누르는
수준이었지만서도.

2) **9월 20일 (월)** 우리는 늦잠을 잤다. 나는
감기에 걸렸다. 미술 시간에 구리 세공을 했다.
엄마가 수학책을 학교에 갖다 주셨다. 베키의
뱀이 탈출했다. 우리는 코미디 프로를 봤다.
3) 3일. 영어 숙제 순서 다르게 하기

4일. 수건 이상하게 개지 않기
5일. 아빠 쪽으로 차에서 내리기
6일. 걱정 마. 괜찮을 거야.
7일. 신발 대충 벗기
11일. '스코틀랜드' 티셔츠 입기

어느 저녁 식사 시간에 아버지는 손님과 토론을 벌이다가 거의 주먹다짐을 할 뻔한 적이 있다.
어떤 자수에 쓰인 천 색깔이 심홍색이냐, 자홍색이냐 하는 말다툼으로 말이다.

6장

이상적인 남편

내가 열세 살 되던 해의 여름, 아버지의 비밀은 거의 탄로 날 뻔했다.1)

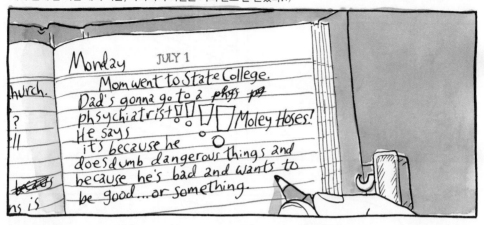

그날 아침에 아버지는 정장을 입고 있었다.
편한 반바지 차림인 평소와 달랐다.

아버지가 이야기한 내용도 놀라웠지만,
나한테 이야기를 했다는 사실이 더 충격이었다.

따분하기만 했던 시골 생활이 갑자기
<뉴요커> 지 만화 같은 인생으로
승격된 것 같아 흥분했다.

하지만 아버지를 보자 정신이 번쩍 들었다.
수치심과 비참함이 가득한 얼굴이었다.

1) 7월 1일 월요일. 엄마는 주립 대학에 갔다.
   아빠가 정… 정… 정신병원에 가신다고 한다!
   세상에 이럴 수가! 이유는 아빠가 위험하고
   어리석은 짓을 저질러서고, 나쁜 사람이고 좋은
   사람이 되고 싶어서……. 뭐, 그런 거라고 한다.

그 해 여름에는 많은 일이 일어났다.
기록을 남겨 둬서 다행이다 싶다.

아니면 못 믿었을 테니까.
그 많은 일이 동시에 일어났다는 걸.

어머니는 지역 소극장에서 배우로 출연했다. 연극 <정직함의 중요성>에
등장하는 브랙크널 부인 역이었다.

워터게이트 사건은 절정에 치달았고,

나는 첫 생리를 했다.

(책 표지) 정직함의 중요성, 오스카 와일드
(잡지 표지) 배심원단, 닉슨 소환

(책 표지) 오스카 와일드 작품선

유년기의 마지막을 닉슨의 최후, 국가적인 위신의 실추와 나란히
놓는다면 뻔할까? 하지만 내게 닥친 일은 그 무덥고 기이한 여름날에
우리 가족한테 일어난 가혹한 시련 중 극히 일부분에 불과했다.

스스로 약혼을 주선하다니,
정말 있을 수 없는 일이야.

한 군데 빠트렸어.
"젊은 아가씨에게 약혼은
언제나 놀라운 소식이 돼야 해."
여기, " 좋은 소식이든
나쁜 소식이든 말이지."

사춘기 아이들이 있는 집에는 폴터가이스트(poltergeists)들이
달라붙기 쉽다는 말이 있다. 말썽 일으키길 좋아하는 유령 말이다.

내 호르몬
변화 때문인지
아닌지 몰라도,
그 해 여름
우리 집이
혼란의 도가니에
빠질 운명인 것만은
틀림없었다.

시작은 매미 떼였다.

몇 년씩이나 땅속에서 살다가
갑자기 기어 나온다고? 언제 나와야 하는 줄
어떻게 알고 나오지?

THE EXPRESS
17-YEAR LOCUSTS
RETURN TO AREA

GRAND JURY CITES
NIXON AS UNINDIC
CO-CONSPIRA

(신문) 익스프레스 / 17년 매미 땅 위로 돌아오다 / 대배심원 닉슨 지목… '기소되지 않은 공모자'

알고 보니 '17년 매미'는 오랫동안
땅속에서 유충으로 산다고 한다.1)

그런데 새끼 낳을 때가 되자,
일제히 지상으로 기어 나와서 허물을 벗고
날개 달린 성충이 된 것이다.

6월 첫 주가 저물 무렵, 우리 집 정원에는
매미들이 버린 외피골격이 사방팔방 나뒹굴었다.

허물벗기가 끝나자 매미들이 이번엔 키 큰 단풍나무에 저마다 자리 잡고 앉아 흥청망청 잔치판을 벌였다.
우리 집 식구들은 해 뜰 때부터 해 질 때까지 매미들 부부애 과시하는 소리에 파묻혀 지냈다.

매애애앰매애애앰매애애앰매애애앰

---

1) **17년 매미** 미국 동부에 서식하는 매미.
   북부에서는 17년, 남부에서는 13년의 수명을
   산다. 일생의 거의 대부분을 땅 밑에서 유충의
   상태로 보낸다. 지상으로 올라오자마자

성충으로 변태하여 몇 주 동안 나뭇가지에
낸 구멍에 알을 낳은 다음 사망한다.
17년 매미 / A 허물 / B 수컷의 배지느러미
모양.

그렇게 귀가 쩌렁쩌렁
울리도록 단체로 합창하면서
집단적인 성적 충동을
대기 중에 분출하며
해소하는 모양이었다.

매애애앰매애애앰

한두 주 뒤에 정자를 배달하고
알을 낳는 행위가 끝나자,
매미들은 '기간 매미'란 별명답게
속세에서의 짧은 생을 마감했다.

매애애앰매애애앰매애애앰

좀
조용해진 것
같은데.

녹음한 거랑
비교해 보자.

6월이 끝나갈 그 무렵
생리가 터졌다. 어머니한텐
말하지 않았다.

이제 사소한
문제로 넘어가지.
양친은 살아 계신가?

저는 부모님을 두 분 다 잃었습니다.

두 분 다? 거 참. 자네 조심성이 없었나 보군.*

어머니는 공연에다 박사 논문까지 준비하느라 무척 바빴다.

부엌 위 재봉실이 어머니 서재였다.

물건이 다 떨어지기 전까지 말하는 걸 미뤄도 되겠지 싶었다.

급하게 말할 필요는 없다고 생각했다. 직전 해에 어머니가 미리 준 생리대 한 상자가 있었으니까.

도서관 다녀올게.

또 혹시 잊고 지내다 보면 생리가 끝날지도 모른다는 희망을 품었다. 물론, 가슴은 내 생각대로 처리가 안 됐지만.

벽장 가장 구석진 곳에 숨겨둔 생리대

(상자) 여성 생리대

* 오스카 와일드의 희곡 <진지함의 중요성>에서 주요 등장인물인 브랙크널 부인이 사윗감에게 건네는 풍자적인 대사.

첫 생리 때는 갈색 분비물이 조금 나왔다. 초대형 오버나이트나 포르노그래피
느낌의 벨트 같은 건 없어도 됐다. 화장실 휴지만 좀 뭉쳐서 써도 충분했다.

며칠 뒤 분비물까지 멈췄다.
일기장에도 쓰지 않고 넘어갔다.1)

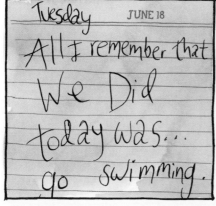

그 무렵 수요일 오후엔
단짝 친구 베스의 아버지와
양어머니가 우리 집에 나타났다.

어머니는 뜻밖의 배려 넘치는 제안을 받자 당황했지만 결국 우릴 베스네서 재우기로 했다.

1) **6월 18일 화요일**
  오늘 한 일은 거의 기억이 안 난다.
  수영을 했다.

베스네 집은 시내에 있었다.
베스의 아버지와 양어머니가
재직 중인 대학 근처였다.

부부 모두 "그리글레위츠 교수님"이라고
불러야 했는데 좀처럼 입에 붙지 않았다.

감사합니다,
아주머…
아니….

어, 뭐예요?
파에야인가?

그 이틀 동안 우리는 오만가지 게임을 하며 신나게 퍼질러 놀았다.

스콧, "어린이를 위한
시집*"을 주실까?

제길!

엄호해 줘!
들어간다.

"지킬 박사와
하이드 씨"도 내놔.
고마워, 잘 받을게.

"저자들"
책 모으기 게임

경찰이다!
꼼짝 마!

그리글레위츠 교수님이
그리글레위츠 교수님을
그린 흥미로운 그림

이놈들,
카드 내려놔!

* a child's garden of verses. <지킬 박사와
하이드>의 작가 로버트 루이스 스티븐슨이
발간한 어린이를 위한 동시집.

우리가 없는 사이에 아버지가 뭘 하고 있을지 궁금해 한 적은 한 번도 없다.
그런데 공교롭게 아버지도 나름 흥청망청 한바탕 즐겼던 모양이다.

목요일 저녁에 아버지는 차를 타고 이웃 마을에 갔다.
그로부터 27년이 지나고 당시의 사건 경위서를 보고서야 그 사실을 알았다.[1]

50 first, 15 cts. additional eage ... .12 cts. each mile. ee. Re Commitment ..... $2.50 eauting Search Warrant $1.00 eage .12 cts. each mile Constable Costs WITNESSES 50 cts. per day 5 cts. per mile each way Witnesses Costs ...... Total Costs	Mark Douglas Walsh, Booneville, Penna., witness for the Commonwealth, testified under oath that on June 20, 1974, between the hours of 9PM and 10PM he saw Bruce Allen Bechdel, with whom he was acquainted. Mr. Bechdel asked him where his brother David was and that he got in the car with Mr. Bechdel and they went to look for his brother. During the course of the evening, defendant purchased a six-pack of beer. Witness stated that Mr. Bechdel offered him a beer and he took it and drank it. Mr. Bechdel asked him what he did and what his brother was doing at that time. He then let him off in the vicinity of his home. Witness testified that at the time of this incident he was seventeen years old and that he told Mr. Bechdel his age.

$13.00 (Total Costs)

애초에 아버지와 마크는 마크의 친형
데이비드를 찾으러 간 적이 없었다.

데이비드는 저녁 내내 집에 있었으니까.
아버지가 마크를 다시 집 앞에 내려줄 때,
아버지 차를 알아본 데이비드가 경찰에 신고했다.

1) 펜실베이니아 분빌에 거주하는 증인 마크
더글라스 월시는 진실을 말할 것을 선서하고
다음을 증언했다. 1974년 6월 20일 오후
9~10시경에 증인은 브루스 앨런 벡델 씨를
목격했다. 증인은 벡델 씨와 면식이 있는

사이였다. 벡델 씨는 증인의 형 데이비드가 어디
있냐고 물었고, 증인은 벡델 씨의 차를 타고
형을 찾으러 나갔다. 그날 저녁 피고는 맥주
6병 팩을 구입했다. 증인은 벡델 씨가 맥주를
권했으며 증인이 받아서 마셨다고 진술했다.

벡델 씨는 증인에게 증인과 증인의 형이 당시
무엇을 하고 있었느냐고 물었다. 벡델 씨는
증인을 증인의 집 근처에서 내려줬다. 증인은
사건 당시 증인이 17살이었으며 벡델 씨에게도
증인의 나이를 밝혔다고 진술했다.

소환장이 언제 날아왔는지 모르겠다. 경찰이 우리 집 대문을 두드리지 않았고
일기장에도 그 주에 무슨 문제가 있었던 낌새는 엿보이지 않는다.1)

하지만 이즈음 내 일기를 어릴 때 것처럼 전적으로 믿을 순 없다.
뭔가를 쓸 듯 말 듯 머뭇거리거나 생략하고 넘어가려는 기미가 있었다.2)

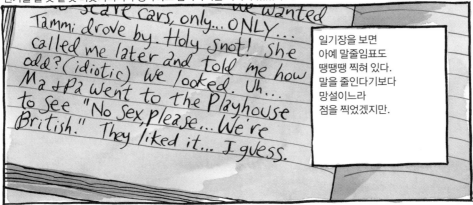

일기장을 보면
아예 말줄임표도
땡땡땡 찍혀 있다.
말을 줄인다기보다
망설이느라
점을 찍었겠지만.

아버지와 내가 부엌에서 마주친 때는 7월 첫날이었다.

어디 가세요?

정신병원이라도
가시게요?

댄빌에 간다.

어… 정신과 의사에게
상담 받아야 하거든.

어쩌면 변호사가
작전상 미리 선수 치라고
조언한 건지도 모르겠다.

---

1) 6월 27일 목요일. 스콧 G가 놀러 왔다.
크리스랑 스파이 클럽 놀이를 했다.
나는 부잣집 남자, 경찰관, 테니스 선수가
돼서 크리스네 사무실에 찾아가 사건을
의뢰했다.

그 다음엔 피에로 분장을 하고 현관에 앉아
있었다. 지나가는 자동차들을 놀래 주려고
했는데… 그랬는데…
2) 지나가는 자동차들을 놀래 주려고 했는데…
그랬는데… 하필 태미가 지나간 것이다! 이런

말아먹을! 태미가 나중에 전화해서 우리가
괴상하게? (웃기게) 보였다고 했다. 으윽…
엄마랑 아빠는 극장에 가서 <섹스 얘기는
안 돼요! 우리는 신사예요>를 봤다. 재밌게
보신 것 같다… 음, 아마도.

그날 오전에 어머니는
논문 지도교수를 만나러 갔다.

오후에 집에 돌아올 땐,
잔뜩 화가 난 상태였다.

수영 가기 전에, 먼지 털고
청소기 돌려놔.

여기서 또 고치라니
정말, 기가 막혀서!

어머니는 평소 자질구레한 일상에서 매사 엄격하고 꼼꼼하게 따지는 분이었지만,

내가 그럴 시간이 어디 있어?
수요일부터 리허설 들어가는데, 아직
대사도 다 못 외웠다고!

15분 뒤에 완성될 5인분
무사카와 신선한 발효 반죽

그 무렵 어머니는 연극에 온통 정신이 팔려 있었다. 무대에서 긴장해서 뭘 해야 하는지 까맣게
잊을까 봐 겁난다며, 자기 배역은 물론 다른 인물들 대사까지 몽땅 외워 버렸다.

잭 : 한 해에 칠팔 천
사이입니다.

토지 소득인가,
투자 소득인가?

심지어 무대 의상까지도
직접 제작했다.

우리도 공연 시작일이 언제냐고
묻지 않을 정도로는 눈치가 있었다.
하지만 날짜가 다가오자
어머니의 불안은 극도로 높아졌다.

잭: 주로
투자 소득이죠.

그건
맘에 쏙 드는군.

몰라! 생각도 하기 싫어!
언제 오겠다는 소릴 하기만 해 봐.
그냥 뒷자리에 앉아 보기만 해.
내가 뭐 많은 걸 바라?

공연 일주일 전에 찍은 사진에서
어머니는 말 그대로 마음을 추스르고 있다.

반면 연극 홍보 사진에서
브랙크널 부인으로 분장한 어머니는
오스카 와일드도 저리가라 할 만큼
위엄 넘치는 빅토리안 시대의 군주였다.

나는 어머니가 당당한 여성을 연기할 때가 좋았다.
우연히도 브랙크널 부인의 이름은 어머니의 미들 네임과 마찬가지로 오거스타였다.

전 사실 열여덟 살이지만,
저녁 파티에 참석할 땐
늘 스무 살이라고 밝힌답니다.

나이를 살짝 바꿔
말하는 건 아주 적절한
판단이죠. 사실,
우리 여성들은 절대
진짜 나이를 밝혀선 안 돼요.
그건 속 보이는
짓이니까.

대사 연습을 도와드린 건
그때가 처음이었다.
나도 그만큼
나이를 먹은 것이다.
어른들 연극도 재밌는 게
놀랍고도 신기해서,
연습이 끝나도
혼자 대본을 읽었다.

오스카 와일드가 어떻게 '순교'했는지 몰랐기에
나는 부채 의식 없이 정말 가볍게 그 대본을 즐겼다.

"저는 여행할 때 꼭 일기장을 들고 다닌답니다.
기차 안에서는 자극적인 읽을거리가 필요하거든요."

풉.

연극 역시 보이는 그대로 받아들였다. 아마 빅토리와 여왕도 그랬을 것이다.

내가 자네를
번버리쟁이*라고 부른 건 옳았어.
자네는 내가 아는 사람 중에
누구보다 뛰어난 번버리쟁이야.

대체 뭔 소리야?

* bunburyist. '번버리(Bunbury)'란 이름의
현실에 없는 사람을 만들어내 그 사람을 핑계로
이중생활을 하는 것을 뜻함. 결혼 생활 중에
동성 연인 앨프리드 더글러스와 깊은 관계를
맺었던 극본가 오스카 와일드의 삶을 은유하는
말로 쓰임.

동성애를 암시하는 단서들은 알아채지 못했다.

자넨 어니스트란 동생을 만들어냈잖아?
원할 때마다 시내에 놀러 나갈 핑계로
유용하게 쓰려고 말이야. 번버리는 말이지, 내가…

잠깐,
잠깐만.

지금은 안다.
<정직함의 중요성>이
1895년 밸런타인데이에
막을 올린 직후,
오스카 와일드의 재판도
막이 열렸다는 것을.

와일드와 그의 연인인
앨프리드 더글러스는
알제리 소년들과 더불어
신나게 놀다 온 참이었다.

더글러스의 부친은 와일드의 사교 모임에 그를
'남색가'라고 비방하는 쪽지를 남겼다.
분개한 와일드는 더글러스의 부친을 명예훼손으로
고소했지만 패소했다. *

이 대사는 무대 안쪽에서 하죠. 그 오이
샌드위치는 자리를 옮겨야겠어요.

<정직함의 중요성>에는 배덕한 충동을
나타내는 암호가 심어져 있다.
등장인물 중 한 명이 식탐을 참지 못해
둘러대는 장면이다.

오이 샌드위치는 손대지
말아 주게. 오거스타 이모님을 위해
특별 주문한 샌드위치거든.

하지만 자네는
계속 먹고 있었잖아.

도리어 와일드가 외설죄로 재판을 받고 감옥에 갔다.
당시 <정직함의 중요성>과 <이상적인 남편>은 연일
만원을 이루며 인기리에 상연되고 있었다.

"손대지 말아 주게"
에서부터
시작합시다.

* 퀸즈베리 후작이 명함 뒷면에
  "남색가(Sodomite) 행세를 하는 오스카
  와일드에게"라는 쪽지를 남긴 사건.
  명예훼손으로 고소당하자 퀸즈베리

변호인단은 와일드가 성적 접촉을 했다는
증거를 뒷조사하고 '어른 남성으로서 어린
소년들을 동성애로 꾀어 망쳤다'는 동성애
혐오 주장으로 맞섰음.

어머니는 오이 샌드위치 요리법을 찾아
소품 담당자를 도와줬다. 덕분에 우리도
여름 내내 샌드위치를 먹었다.

공연 하루 전날 그리글레위츠 교수님 부부가
또다시 후한 인심을 베풀었다. 숨 막히게 아름다운
백합 꽃다발을 가져온 것이다.

아빠! 샌드위치
만들기도 전에
다 드시겠어요!

와일드가 배우 릴리 랭트리한테
이런 백합을 한 다발씩 선물했대요.

어머니는 또 당황했다.

예쁘네요. 그런데 지금은
얘기할 정신이 없어서요.
위층에 올라가 볼게요.

암요. 여주인공인데,
마음의 준비를 하셔야죠!

진 토닉 드시겠어요?
앨리슨, 가서 오이
샌드위치 좀 만들어 와.

한참 뒤에야 안 사실인데 그리글레위츠 교수 부부는 우리 부모님한테 넷이서 그룹 섹스를
제안한 적이 있었다고 한다. 물론 어머니와 아버지는 거절하셨다.

긴장해서
저래요.

그럼요,
그럴 만하죠.

아주 훌륭하게 해내실 겁니다.
배역에 딱 어울려요, 딱!

어머니는 정말로 훌륭했다.
첫 등장부터 무대를 사로잡았다.

내 조카 알저넌.
그동안 잘 처신하고 있었느냐?

저는 아주 잘 지낸답니다.
오거스타 이모님.

내가 물은 건 그게 아니잖니.
사실 네 처신과 네 안녕은
함께 어우러지기 힘들지.

상연 기간은 일주일. 어머니만 빼고
모든 배우가 한 번씩은 대사를 틀렸다.

여자는 누구나 어머니를 닮는 법이야.
그게 여자의 비극이지. 남자는 아무도
그러지 않아. 그게 여자, 아니 남자의
비극이지.

공연이 끝난 다음날, 현실은 앙갚음과 더불어
돌아왔다. 분비물이 다시 출현한 것이다.

더는 부인할 수 없는 증거를 마주하자
나는 기록을 남겨야겠다는 의무감을 느꼈다.

열 살 때는 일기에
털끝만큼도 위증이 없어야 한다는
강박이 있었다.1)

> friday APRIL 2
>
> Chris went to Scott's after school. I think I finished "Danny Dunn, Time Traveler." We played Which Witch. I lost. I think Mother and John went up town. I think We watched The Brady Bunch. I think

그런데 자랄수록 객관적인 사실은 사라지고
생뚱맞은 감정과 의견이 노트를 메웠다.2)

> We're watching the tennis match between Billy Jean King and stupid Bobby Riggs.
>
> I got A 58 ON MY @#@*A..#*A Algebra test! I have a C.
>
> We watched Sonny + Cher. Which is the dumbest T.V. show in the world. Next to the Brady Bunch.

가식적인 겸손, 과장된 글씨체와
자기혐오로 내 진술은 점점 모호해졌고…3)

> Mrs. Bitner read my review to the class. She said I'd probably get an A+. BIG WHOOP.
>
> J.R.R. Tolkien died! AAUGH!
>
> I had my piano lesson. I looked UGLY. I guess it was okay… my lesson, I mean. We had hamburgers.

…이 역사적인 날에는 불필요한 형용사와
암호, 엉뚱하게 찍힌 온점에 가려져
진실은 알아보기도 힘들 지경이었다.4)

> Wednesday JULY 24
> I think I started Ning or something. (HAHA)? HOW HORRID!

나는 '월경'이란 단어를 암호로 표기했다. 수학 시간에 미지수나 허수를
문자로 나타내는 법을 배웠는데, 이 방식을 활용한 표기법이었다.

'X'는 좀 뻔했다. 'N'에 '-ing'을 붙여
현재 진행형으로 쓰면 아주 막연해서
무슨 뜻인지 알 수 없을 듯싶었다.

---

1) **4월 2일 금요일** 크리스는 방과 후에 스콧네
집에 갔다. (아마) <시간여행자 대니 던>을
(아마) 다 읽었다. 위치 위치 게임을 했다.
졌다. (아마) 어머니랑 존은 시내에 갔다. (아마)
<폭소 펀치>를 다 봤다. (아마)

2) 빌리 진 킹과 멍청이 보비 리그스의
테니스 경기를 보는 중이다.

@#@*&.#*& 수학 시험 58점
받았어! C 나왔다.
<소니 앤 셰어>를 봤다. 세상에서 제일
멍청한 TV 쇼다. <폭소 펀치> 다음으로.

3) 비트너 선생님이 내가 쓴 감상문을
반 아이들 앞에서 읽어 주셨다.
A+ 감이라신다. 만세.

J. R. R. 톨킨이 죽다니!
아아아악!
피아노 레슨을 받았다. 난 못생겼다.
그래도 괜찮았던 것 같다……. 레슨 말이다.
우리는 햄버거를 먹었다.

4) **7월 24일 수요일.** 아마 Ning인지 뭔지
시작한 것 같다. (하 하)? 끔찍해라!

아무도 닝(Ning)의 뜻을 알아낼 수 없을 거라고 확신한 나는 3년 뒤에 다시 '닝'을
사용했다. 이번에는 전혀 다른 생물학적 사건을 가리키는 암호로 썼다.1)

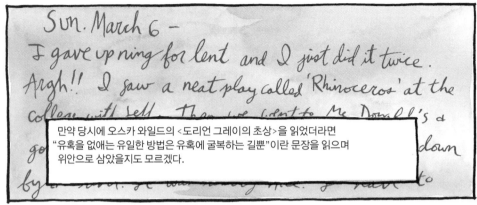

만약 당시에 오스카 와일드의 <도리언 그레이의 초상>을 읽었더라면
"유혹을 없애는 유일한 방법은 유혹에 굴복하는 길뿐"이란 문장을 읽으며
위안으로 삼았을지도 모르겠다.

열여섯 살 때 일기장에 자위했다는 말을 슬쩍 흘렸지만
사실 첫 생리 직후부터 줄곧 해 왔다.

당시엔 그림을 그리면서
의자에 몸을 붙이고
앞뒤로 살살 움직이는,
이 묘하게 기분 좋은 행위를
나타내는 말이 있는지도 몰랐다.

게다가 내 상상을 그림으로
구현할 수 있다는 사실을 깨달으며
전능한 힘이 생긴 듯한 기분이었다.
그 자체만으로도 에로틱했다.

나를 대변하는, 가슴과 엉덩이가 납작한
인물을 그리면 날로 커져 가는 육체적인
부담감도 조금씩 해소할 수 있었다.

1) 3월 6일 일요일. 사순절 동안 Ning을
꾹 참았는데, 지금은 막 두 번이나 했다.
아오! 대학 극장에서 <코뿔소>라는
괜찮은 연극을 봤다.

그땐 의자에 몸을 문지르고 나면 필연적으로 찾아오는 그 감각을 한 단어로 뭐라 명명하는지도 역시 몰랐다.

몸 안쪽에서 경련처럼 터져 나오는, 믿을 수 없을 정도로 황홀한 감각. 너무나 완벽해서 도덕적 올바름을 의심해 볼 겨를조차 없는 짧은 순간.

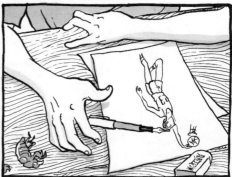

어느 날 우연히 사전에서 그 단어를 발견했을 때는 보자마자 친숙하게 느껴졌다. 무슨 뜻인지 채 읽어 보기도 전에 말이다.

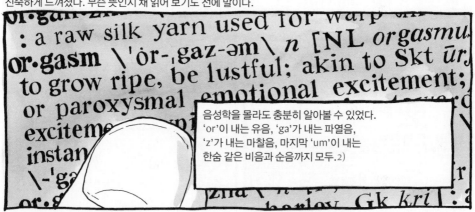

음성학을 몰라도 충분히 알아볼 수 있었다. 'or'이 내는 유음, 'ga'가 내는 파열음, 'z'가 내는 마찰음, 마지막 'um'이 내는 한숨 같은 비음과 순음까지 모두.2)

그 단어를 내 어휘집에 수록했지만 일기엔 쓰지 않았다. 태만 죄 아니냐고?

그럴 수도. 하지만 내가 누락시킨 그 행위 또한 죄라면 (역시 수학을 응용해서) 행위와 기록을 서로 약분한 셈이라고 생각했다.3)

---

2) or·ganzine 꼰 명주실
　　or·gasm [명] 절정에 다다르거나 욕정으로
　　가득한 상태. (산스크리트어 ūrjā와 유사.)

3) 내 멋대로 농구 선수를 그려 보았다.
　　아침으로 수박을 먹었다. 퉤

어쩌면 수학이 아닌 사회학 영향을 받은 판단이었을지도 모르겠다.
직전 해부터 뉴스는 온통 빈틈, 공백, 말소 같은 말로 시끌시끌했으니까.

흥미롭게도 일기에 생리를 기록한 날엔 웬일로
워터게이트 스캔들에 대해서도 써 놓았다. 그 무렵엔
워터게이트도 생리도 더는 부인할 수 없는 상황이었다.[1]

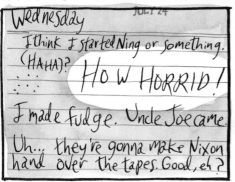

다른 날 일기에 워터게이트를 언급한 적은
두 번뿐이다. 그해 초 짧게 남긴 한 마디와…[2]

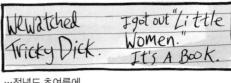

…전년도 초여름에
잘난 체하며 쓴 촌평이다.[3]

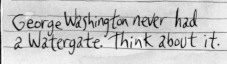

그때만 해도 청문회는 나한테
대체로 성가신 방해물에 불과했다.

하지만 이듬해엔 나도 꽤 주의 깊게 지켜봤다.
땅 위로 기어 나온 매미 유충처럼,
차츰 햇빛 아래에 드러나던 진실을.

1) 7월 24일 수요일. Ning인지 뭔지 아마
   시작한 것 같다. (하하?) 끔찍해라!
   퍼지를 만들었다. 조 삼촌이 놀러오셨다.
   음…… 닉슨이 결국 테이프를 제출할 것 같다.
   잘 된 일이겠지?

2) '교활한 딕'(리처드 닉슨 미(美)
   전 대통령의 별명)을 봤다.
   <작은 아씨들>을 빌렸다. 뭐냐면 책이다.

3) 조지 워싱턴 때는 워터게이트가
   터진 적 없거든? 생각 좀 해 보시지.

탄핵 여론이 고조될 무렵 우리 집안에도 팽팽한 긴장감이 감돌았다.

(신문) 제1차 투표 '탄핵안 가결'

그 즈음의 어느 오후, 어머니와 나는 고모네 집 수영장에서 수영하고 있었다.
단 둘이라 어머니에게 내 새 소식을 알릴 절호의 기회였다.

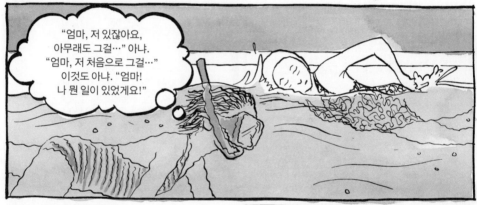

알고 보니 어머니도 알려 줄
소식이 있었던 모양이었다.

어디로 가는데요?

아마 뉴욕이나 매사추세츠. 작년 여름에 갔던 곳 알지?

하필이면 뉴잉글랜드*로 이주한다니. TV 드라마나 거울을 통해 보는 것처럼 매혹적인 우연이었다. 현재 내 삶이 심하게 결핍된 것을 나타내는 지표 같았다.

그날 일기에는 어머니와 나눈 대화를 적으면서 생리할 때 썼던 표현을 다시 썼다.1)

'끔찍해라'는 어딘지 익살스러운 어조가 있다. 내 느낌으로 말하자면 와일드풍 같다. (피켓) 새 모이 공짜

to court or something on Tuesday, And he might lose his job, and We might have to MOVE!! Yikes! How Horrid!

We went to see "Herbie Rides Again." It was OK.

마치 현실적으로 두려운 일, 예컨대 사춘기라거나 공개적 망신 자체는 받아들이겠지만 최후의 마지막 순간에는 깔깔 웃으며 잽싸게 피하려는 의지가 느껴지는 것 같달까.

아버지가 뭔가 실수하긴 한 모양이라고 여겼다. 그래도 나는 여전히 아버지에게 동정적이었다.

* 영국 청교도인들이 종교 박해를 피해 아메리카 대륙으로 건너가 식민지 정착을 시작한 지역.
1) 화요일에 법정인지 뭔지에 가셔야 한다고 한다. 으악! 끔찍해라! <허비, 돌아오다>를 보러 갔다. 나쁘지 않았다.

법적 절차상의
문제에 불가피하게
휘말렸나 보다 싶었다.
그때는 몰랐다.
'미성년자에게
맥아음료를
제공한 일'은
아버지가 일으킨
문제 중 가장
사소했다는 사실을.

아버지가 받은 진짜 혐의는 '감히 이름을 말할 수 없는'** 것이었다.

아버지와 마크, 데이비드 형제가
정확히 어떤 관계를 맺었는지
나로서는 추측만 할 뿐이다.

하지만 아버지는 다름 아닌 그들의
입으로 폭로됐다. 오스카 와일드가
섹스 파트너였던 일꾼***의 증언으로
유죄 선고를 받았던 것처럼.

어머니의 논문 마감을 하루 앞둔 날에 난데없이 폭풍우가 닥쳤다.
여름엔 흔하게 있었던 일이라서 우리도 뭘 해야 하는지 잘 알고 있었다.

창문 닫읍시다!

아빠가 현관을 맡으마.
가서 서쪽 창문 모두 닫아.

제가 차 창문
닫을게요!

** dare not speak its name. 오스카 와일드의
연인인 앨프리드 더글러스가 쓴 시 「Two
Loves」에서 동성애를 은유한 구절 '나는 감히
이름을 말할 수 없는 사랑이니.'의 일부.

*** rough trade. 남자와 성관계를 맺는 공사장
인부 부둣가 일꾼 등 노동자 계급의 남자를
일컫는 은어임. 꼭 게이임을 지정하진 않고
돈을 받고 성을 매매하는 경우까지를 포함함.

하지만 그날은 뭔가 심상치 않았다. 내 침실 밖 은단풍나무
잎들이 거센 바람에 못 이겨 거꾸로 뒤집혔다.

잎사귀의 창백한 아랫면은
기이한 초록빛으로 반짝였다.

창문을 닫자 소방 호스를
틀어 놓은 것처럼 폭우가 쏟아졌다.

바람이 울부짖는 소리를 내더니
우박 덩어리가 집을 두드려 댔다.

비상이다!
비상! 비상!

천장에 비가 뚝뚝 샐 무렵,
나는 부엌에 있었다.

부엌 위층 재봉실 창문을 잊고 있었다.
평소에는 창문을 닫아 놓으니까. 한데 어머니가
얼마 전까지 그 방에서 논문을 타이핑했던 것이다.

내 논문!

폭풍우가 지나가고 나서 우리는 바깥을 살피러 나갔다. 기온은 10도 넘게 떨어졌다.
하늘 높이 떠 있는 구름들이 빠르게 이동하며 가랑비를 흩뿌렸다.

마을에서 큰 피해를 입은 건 우리 집뿐이었다.
꼭 폭풍이 우리 집만 어루만지고 간 것 같았다.

그 밤 어머니는 다시 논문을 쳤다.

다음날 논문은 통과됐다.

아버지의 공판일은 8월 6일. 마크와 데이비드 형제는 둘 다 증언을 했다.
판사는 철저하게 주류 제공 혐의만을 따졌다.

하지만 판결문에서 진짜 죄목은
성적인 것이라는 함의를 읽을 수 있었다.

아버지가 오스카 와일드처럼
'성서의 요나단이 다윗에게 그랬듯
손위의 남자가 손아래 소년을
아끼고 사랑하는 마음'을
이해해 달라고 열렬히 호소하며
법정에서 우레와 같은
박수갈채를 이끌어내진 않았다.

아버지는 레딩 감옥*으로 끌려가지 않았고,   우리도 이사하지 않았다.1)

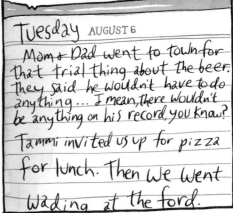

1) 8월 6일 화요일. 엄마랑 아빠는 그 맥주 관련
재판 때문에 시내에 가셨다. 아빠는 아무것도
하지 않으셔도 된다고 한다……. 그러니까

전과가 남진 않는다는 뜻이다.
태미가 점심에 피자를 먹자고 불렀다.
먹고 나선 개울에서 발을 담그고 놀았다.

* Reading Gaol. 오스카 와일드가 수감된 감옥.

이틀 뒤에 닉슨이 패배를 인정했다.

임기 중에 사임한다는 것은 받아들이기 몹시 어려운 일입니다.

여름이 끝나갈 무렵 기운 없이 쓴 일기도 있다.2)

Saturday AUGUST 24

We went to the ford to work on our dam. But we quit, because we all decided it was too futile a task. We went to Tammi's to watch a movie, but it wasn't on, so we watched another show, which was a piece of crap. Then we played Cops & Robbers, which was stupid. Dad got another bureau for my room.

9월 첫째 월요일 노동절에는 극장 배우와 스텝을 초대해 정원 파티를 열었다.

'잭'
<정직함의 중요성> 배우

며칠 뒤 나는 열네 살이 됐다.

고마워요, 엄마!

음? GQ? 남성용 패션 잡지 아니니?

어…… 디자이너가 될까 하거든.

베스는 내 사회성을 키워 주려고 애썼다.

이 남자 귀엽다.

난 정말 경기 보기 싫어. 축구 별로라고.

2) **8월 24일 토요일.** 개울에 둑을 쌓으러 갔다. 쌓아 봤자 지지부진해서 그만두기로 했다. 태미네 집에 영화를 보러 갔지만 영화를 안 했다. 대신 드라마를 봤는데 쓰레기 같았다. 도둑 잡기 놀이도 했는데 바보 같았다. 아빠가 내 방에 새 책상을 놔 줬다.

그 며칠 전 아버지의
옛날 옷을 발견한 참이었다.
장식 단추와
커프스단추들이 달린
정장 셔츠를 입는 즐거움은
거의 신비롭기까지
했다.
배운 적 없는 언어가
입 안에서 술술
흘러나오는 느낌이었다.

기분이 너무 좋아서 나쁜 짓이 아닐까
싶을 정도였지만, 베스도 함께했다.

적어도, 잠깐은.

우리는 가상 이야기를 꾸몄다.

빌리 멕켄입니다. 동부에서 손이 제일 빠른 사기꾼이죠.

보비 맥쿨입니다.

안녕하십니까, 선생님. 생명 보험에 들지 않으시렵니까?

우리와 계약하시죠. 간단합니다.

오래가진 못했지만.

야, 너무 덥다. 그만 벗자.

그래.

그날 일기에는 침울하게 끝난 연극 놀이를 묘사했다.[1]

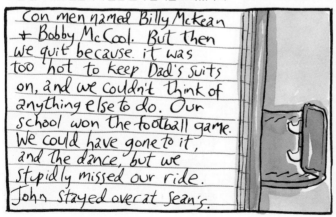

Con men named Billy McKean + Bobby McCool. But then we quit because it was too hot to keep Dad's suits on, and we couldn't think of anything else to do. Our school won the football game. We could have gone to it, and the dance, but we stupidly missed our ride. John stayed over at Sean's.

축구 경기와 댄스파티에 못 가서 실망한 양 써놓은 말은 물론, 새빨간 거짓말이다.

[1] 빌리 멕켄과 보비 맥쿨이라는 사기꾼들이다. 하지만 너무 더워서 아빠 양복을 오래 입고 있을 수가 없었다. 또 딱히 다른 놀 거리가 생각나지 않았다. 풋볼 경기는 우리 학교가 이겼다고 한다. 우리도 따라갔다면 댄스파티에도 갔을 텐데. 바보같이 차를 놓쳐 버려서는. 존은 션네 집에서 잤다.

그 즈음 내 일기는 아예 믿을 수 없을 지경이었다.1)

예컨대 남자 패션에 억지로
무관심한 척하는 태도만 해도
근본적인 자기부정이었다.

그래도 계속 다닌 건 확실하다.2)

어머니 말로는, 언제부턴가
아버지가 상담을 받고 오면
굉장히 들떴다고 한다.

1) 9월 15일 일요일. 으음… 어… 성당에 갔다.
   치마를 입었다……. 우웩! 뉴욕 타임즈의
   남성 패션 부록을 구했다. 그게 뭐 어쨌다고?!
   별 것도 아닌데. 또 뭘 했는지는 까먹었다.

2) 브루스 앨런 벡델
   사건 번호. 580-1
   명령서
   1975년 4월 2일 현재, 피고인 브루스

앨런 벡델이 속결 사회 복귀 처분 조건을
이행했으며 지방 검사의 이의가 없는 바,
피고인의 공소 기각 청구를 인용하여 모든
범죄 혐의를 기각한다.

우리 집을 보여 주고 싶어.

내 눈에 흙이 들어가기 전엔 절대 안 돼.

어머니가 품은 의혹에 근거가 있었는지, 나야 알 길이 없다. 다만 아버진 그러고도 남을 사람이었다.

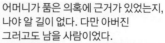

들어오세요.

어쨌든 그 상황은 매력적인 아이러니다.

그 해 12월, 마침내 어머니한테 사실을 털어놓았다.

(책 표지) 폭포, 마거릿 드래블

저 생리 시작했어요.

THE WATERFALL
MARG DRABBLE

아!

어머니 손이 떨렸던가?

어디…… 생리통이나 불편한 데 없니?

네.

이러한 대화를 12월에 나눴다는 건 추측일 뿐이다. 일기장 어디에도 써놓지 않았기 때문이다.

(책 표지) 정직함의 중요성

7장

안티 히어로의 여정

1976년에 아버지는 독립 200주년*을 맞아 동생들과 나를 뉴욕으로 데려갔다.

축제를 기념하기 위해 세계 각지에서 대형 범선이 모여든다기에 배를 구경할 목적도 있었다. 어머니는 연극 <우리 집의 낙원>을 상연하던 중이라 집에 남았다.

우리 숙소는 블리커 거리에 있는 어머니의 친구 엘리 아주머니네 아파트였다. 늘 그랬듯이.

열다섯이 된 그해, 나는 익숙한 그 동네를 새로운 눈으로 보게 되었다.

* bicentennial. 200년 기념제. 미국은 1776년 7월 4일 영국으로부터 독립을 했고 이날을 독립기념일로 지정해 불꽃놀이 등으로 기림.

마치 팜올리브 주방 세제 광고에 나오는 한 장면 같았다.
손톱 관리사가 고객한테 "흠뻑 빠져드실 걸요."라고 말하는.

그 수상쩍은
사람들은 알고 보니
상냥할 뿐 아니라
도움이 됐고,
사실 어디에나
스며들어
살고 있었다.

나는 나 자신이 개방적인 시각과 관용을 갖고 있다는 것도 처음 깨달았다.
남자들이 화장하고 아름답게 꾸민 것에 깊은 인상을 받았다.

그 주 주말에는 꽤나 '게이'하게 보냈다. 우린 발레 공연도 보러 갔다.

엘리 아주머니는 아빠와 나를 데리고
친구인 리처드와 톰을 만나러 갔다.
아무도 말해 주지 않았지만,
난 두 사람이 커플이라고 짐작했다.

리처드는 애니메이션 <피노키오>의
필름 삽화를 그리고 있었다.

그러면서 점점 지루해졌는데
문득 깨달았지. 꼭 순서대로 할
필요가 없었지 뭐야.

부러운
표정

당시에 막 토니상을 휩쓸었던 뮤지컬 <코러스 라인> 표도 운 좋게 구했다.

어느 날 난 거울 속의 나를 보고 말했지.
"열네 살에 호모라. 너 대체
앞으로 인생을 어떻게 살래?"

특별히 내 성 지향성을 의식하며 관람하진 않았다.
아버지의 성 지향성은 더 생각 못했고.

…내가 동성애자란 걸 깨달은 건 그때가 아마
처음이었을 거야. 난 너무 우울해졌어. 게이는
평생 부랑아처럼 살아야 하는 줄 알았거든.
그래서 이렇게 말했지…

하지만 공연에 빠져들면서, 나 역시 그들 같을 수
있다는 생각이 거부감 없이 다가왔다. 마치 초록색
주방 세제가 손톱 밑 얇은 피부를 적시는 것처럼.

♪ 나는 영영
좋은 옷을
못 입겠네! ♪

다음날 아침 존이 없어졌다.

존이 없어졌다니?

무슨 소리냐,
나갔다니? 언제?

글쎄요.
한 10분 전쯤?

아버지가 왜 그리 놀랐는지 알 수 없었다.
엘리 아주머니가 설명해 주기 전까진.

요 근처엔 '치킨 호크'가 있거든.
어린 남자애들을 노리는 남자들이지.

아버지와 아주머니가 찾으러 나갔지만,
존은 얼마 뒤에 혼자 돌아왔다.

혹시 사기꾼
아니겠죠?

BAM BAM
쾅쾅

문 열어 줘!
빨랑!

존은 허드슨 강 부두에서
배를 보고 싶어서 크리스토퍼 거리를 따라
걸어 내려갔다고 한다.

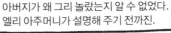

세일러 셔츠 차림의 열한 살짜리 남자아이가 천진난만하게
들떠서는 악명 높은 헌팅 지역을 혼자 돌아다닌 것이다.

그러다 어떤 남자가
자길 지켜보는 걸
느끼고는,
엘리 아주머니네
아파트로 돌아오려고
크리스토퍼 거리를
거꾸로 거슬러
왔단다.

남자는 존을 쫓아왔다.

존은 본능적으로 남자의 말에 장단을 맞췄다.
아파트에 가까워질 때까지.

블리커 사거리에 다다르자, 존은 젖 먹던 힘을
다해 냅다 뛰어 그 자리에서 달아날 수 있었다.

그 사건에 대해 알게 된 건 몇 년 뒤였다. 어쩌면 알았으면서 뇌리에서 지웠거나.
아니면 워낙 정신없는 시간을 보내서 그냥 깜빡했을지도 모른다.

엘리 아주머니는 따로 휴가를 떠났고 우린 며칠 더 그 집에 머물렀다.
나흘째 되는 날에는 허드슨 강을 거슬러 가는 범선들을 구경하러 나섰다.

배는 잘 안 보이고
부두에서 사람 구경만 실컷 했다.

그날 밤 옥상도 상황은 마찬가지여서
건물에 가려 불꽃놀이를 제대로 볼 수 없었다.

그러고는 잘 준비를 했다.

나는 정말로 잠들었다. 그날 밤 뉴욕은
그야말로 흥분으로 터질 듯했는데도.

아빠 어디
가세요?

한잔하러. 금방 올 거야.
먼저 자렴.

아버지가 1980년에 돌아가시지 않고 살아계셨다면
어땠을까, 하는 상상은 대개 멀리 가지 못한다.

(신문) AIDS 치료의 희망 HPA-23

에이즈 확산 초기인
그 시대에 사셨다면,
아버진 결국 세상을
떠났을지도 모르겠다.
훨씬 고통스럽고
더 오래 지속되는
방식으로.

상상 속 각본에서는 어머니마저 세상을 뜬다. 내가 지나치게 생각하는 걸 수도 있다. 현실의 슬픔을
상상 속 트라우마로 대신하려고 말이다.

(신문) 뉴욕 네이티브* / 계속되는 에이즈게이트 / 갤러 "에이즈 원인은 카스트로 거리"

떼어 가도 된다, 앨리슨.
내일 내리려고 했거든.

하지만 꼭 억지스럽다고 할 수 있을까? AIDS 발견 초기를 상세하게 다룬 연대기인 <그리고 밴드는
연주를 계속했다>만 봐도 독립 200주년 기념일을 묘사하며 요란하게 시작하고 있다.1)

July 4, 1976
NEW YORK HARBOR

Tall sails scraped the deep purple night as rockers burst, flared, and flourished red, white, and blue over the stoic Statue of Liberty. The whole world was watching, it seemed; the whole world was there. Ships from fifty-five nations had poured sailors into Manhattan to join the throngs, counted in the millions, who watched the greatest pyrotechnic extravaganza ever mounted, all for America's 200th birthday party. Deep into the morning, bars all over the city were crammed with sailors. New York City had hosted the greatest party ever known, everybody agreed later. The guests had come from all over the world.

This was the part the epidemiologists would later note, when they stayed up late at night and the conversation drifted toward where it had started and when. They would remember that glorious night in New York Harbor, all those sailors, and recall; From all over the world they came to New York.

* 1980년에 창간된 동성애자들을 위한 신문.
1) 1976년 7월 4일 뉴욕 항
짙은 보랏빛 밤하늘을 커다란 범선들이 긁으며
나아가고, 근엄하게 서 있는 자유의 여신상
위로 락 밴드가 뿜내는 빨갛고 하얗고 파란빛이
번쩍거린다. 온 세상이 주목하고 있는 것만
같았다. 온 세상이 거기 있었다. 55여 개국에서

보낸 선박에서 선원들이 맨해튼으로 쏟아져
나왔고 전대미문의 호화찬란한 불꽃축제를
지켜본 군중은 수백만에 달했다. 모두가 미국의
200번째 생일 파티를 위해 모인 것이다. 밤이
깊도록 뉴욕에 있는 술집이란 술집은 선원들로
미어터질 지경이었다. 뉴욕에서 역사상 가장
성대한 파티를 주최했다고, 훗날 사람들은 입을

모아 말했다. 전 세계에서 손님이 몰려든 파티였다.
뒷날 유행성 질병 전문가들이 주목한 것도
이 점이었다. 밤새워 토론하다가 그 병이 언제
어디서 시작되었는지에 대한 이야기가 나오자
뉴욕 항의 그 영광스러웠던 밤이 떠올랐던 것이다.
그곳에 있었던 수많은 선원들이 세계 각지에서
뉴욕으로 왔다는 사실도.

아니면 내 사적인 불행에 지나지 않는 일을 어떻게든
역사 속 사건과 연결해 의미 부여하는 건지도 모르겠다.
아버지의 사망 이후 오랜 날이 지났음에도.

부정의, 성적 수치심과 두려움, 사회로부터 버림받은 사람들의 역사.

실상은 아버지의 이야기도 이러한
비극적 서사에 속한다고 말하고 싶다.

아버지가 동성애 혐오로 희생당한 피해자라고 주장하면 마음이 편해진다.
하지만 그런 방향으로 생각하다 보면 다른 문제들에 부닥친다.

우선 내가 아버지를
비난하는 게 어려워진다.

또 하나, 내 상상이 그야말로 막다른 골목에 다다르게 된다. 만약 우리 아버지가
젊은 시절 '벽장' 밖으로 나왔다면, 그래서 어머니와 결혼하지 않았다면…

(오른쪽 팻말) 54년 함께한 우리

아버지는 뭘까? 사전에도 막연하고 어색한 설명만 나온다.1)

OMINOUS — fate·ful·ly \'fā-fe\ adv — fate·ful·ness n
1fa·ther \'fä'th-ər\ n [ME fader, fr OE fæder; akin to OHG fater
father, L pater, Gk patēr] 1 a : a man who has begotten a child
: SIRE b cap (1) : 2GOD (2) : the first person of the Trinity

지금은 잘 안 쓰는 구식 표현까지 찾아봐도 동어 반복만 할 뿐이다.2)

be·gat \bi-'gat\ archaic past of BEGET
be·get \bi-'get\ vt be·got \-'gät\ be·got·ten \-'gät-ən\ or begot;
be·get·ting [ME begeten, alter. of beyeten, fr. OE bigietan] 1 : to
procreate as the father : SIRE 2 : CAUSE — be·get·ter n
1beg·gar \'beg-ər\ n [ME beggere beggare, fr beggen to beg +

어릴 적 내게 아버지는 얼굴을 찌푸린
악당 같은 인물이었다.

아버지가 퇴근하고 돌아오면
낮 동안 어머니와 크리스천과 나,
셋이서 평화롭게 지내던 왕국에
싸늘한 기운이 감돌았다.

이제 치우자.

---

1) **fa·ther** 1 a. : 자식을 본(begotten) 남자.
    b. (대문자) (1) : 신 (2) : 성 삼위일체의
    첫 번째 인격

2) **be·get** 과거 begat | begot | 과거분사
    begotten | begot | 현재분사 begetting |
    1. 아버지로서 자식을 낳다 : sire 2. 야기하다

아버지는 어린애들에겐 관심이 없었다.
하지만 내 머리가 굵어지자 지적 동반자가 될
잠재력을 나에게서 알아봤던 모양이다.

수년 간 방치당한 탓에 반대로 내가 아버지를 경계했다.

(책 표지) 반지의 제왕

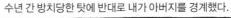

<호밀밭의 파수꾼>은
언제 읽을래?

아버지 양로원에
보내드리고 나서요.

고등학교에 올라가면서 '통과의례'라 불리던 아버지의 영어 수업을 듣게 됐다.
뜻밖에도 아버지가 읽으라는 책들이 내게 흥미로웠다.

안톨리니가
누굴까? 피터스?

모르겠는데요.

홀든의 옛날
영어 선생님이요.

홀든은 안톨리니를
어떻게 생각하지?

좋아하죠.
선생님 집에 묵게
해달라고
부탁했으니까요.

그래서 안톨리니는
좋은 사람이었을까?
무슨 일이 일어났지?

아는 사람?

(칠판) 모순과 역설

가끔은 교실에 아버지와 나,
둘만 있는 것처럼 느껴졌다.

신기했다. 아버지한테 친밀감을 느끼다니.

(책 표지) 오만과 편견

아버지도 나도 관심에 굶주려 있었지 않았나 싶다.

내가 대학에 들어가고 나서는 더 가까워졌다. 역시나 영문학 수업에서 교재로
삼은 책들이 아버지와 나를 이어주는 매개체 역할을 톡톡히 했다.[1]

It's ironic that I am paying to send you North to study
texts I'm teaching to high school twits. As I Lay Dying
is one of the century's greatest. Faulkner IS Beech
Creek. The Bundrens ARE Bechdels - 19th century perhaps
but definitely kin. How about that dude's way with
words. He knows how us country boys think and talk. If
you ever -gawdforbid- get homesick, read Darl's
monologue. In a strange room you must empty yourself
for sleep...How often have I lain beneath rain on a
strange roof... Darl had been to Paris you know - WWI.

처음에는 아버지의 도움이 반가웠다. 신입생 때 들은 영문학 수업
<신화와 원형적 경험>은 나를 영 어리둥절하게 했기 때문이다.

여러분, 제이크가 스페인에서
새롭게 태어난 과정은 융이
'자연적 변모'라 부르는 부활의 과정과
어떻게 일치하는지 알겠나요?

나는 왜 책을 그냥 읽는 대로 이해하면 안 되는지,
어째서 왜곡된 해석을 뒤집어씌우는지 이해할 수 없었다.

문학의 상징적인 기능을
나만 이해하지 못한 것은 아니었다.

교수님은 강의하다가 답답한지
우리에게 분통을 터트리기 일쑤였다.

어… 헤밍웨이가
일부러 그렇게 썼다는
말씀이신가요?

알겠어요? 말로의 증기선은?
남근이에요. 그럼
콩고 강은? 질이겠죠.

1) 내가 고등학교에서 바보들한테 가르쳤던
   책을 너한테 보내게 되다니 아이러니하구나.
   <내가 누워 죽어갈 때>는 금세기 최고의
   걸작 중 하나야. 포크너는 비치 크리크
   사람 같고. 번드런 집안은 벡델 집안 같고.

19세기 판이라고 해야겠지만, 분명 닮아
있어. 말을 어쩌면 그런 식으로 하는지.
우리 시골 남자들이 어떤 식으로 생각하고
말하는지 잘 알고 있거든. 네가 그럴 일이야
없겠지만, 혹시라도 고향이 그리울 때 다알

편을 읽어 봐라. '낯선 방에서 잠이 들려면
자기 자신을 비워야 한다.' '얼마나 자주
낯선 지붕 위에 누워 비를 맞으며 고향을
떠올렸던지.' 다알도 파리에 갔었단다.
1차 세계대전 때였지.

리포트는 붉은 펜으로 난도질당했다.
특히 '틀린 표현(wrong word)'의 약자인
WW로 뒤범벅되어 있었다.

하지만 나는 권투 선수가 얻어맞으며
주먹을 휘두르듯 계속 덤벼들었고,
아버지는 코너에서 열성으로 코치해 줬다.

"–는"도?
어떻게 "–는"이
틀릴 수 있지?

자. <해는 또다시 떠오른다>를 놓고 보자.
실화 기반 소설이지? 제이크는 헤밍웨이고,
콘은 해럴드 롭이라는 남자지. 브렛은
더프 트위스덴 부인이고 말이야.

지금 생각하면
아버지가
교수님 대신
나의 선생님이
되어준 건지,
내 대신
학생이 된 건지,
헷갈린다.

트위스덴은
신여성이었다고 해.
머리도 짧았고 남성복을 입었지.
실제로 팜플로나에서 헤밍웨이,
롭과 다 같이 만나기 전부터
롭이랑 바람을 피우고 있었대.
앤디 아저씨 있지? 아빠랑 엄마
결혼식에서 들러리 서 준 친구.
그 친구는 우리가 결혼하기
전해에 팜플로나에서
헤밍웨이를 봤다고 하더라.

아버지가 점점 흥분해서 내가 낄 틈이 없어졌다.

연말쯤엔 숨이 막힐 지경이었다.

헤밍웨이는 직전 파리에 있었어.
거기선 실비아 비치, 제임스 조이스와 어울렸지.
비치는 '셰익스피어 앤 컴퍼니'라고 유명한 서점을
운영했는데 <율리시스>도 거기서 출판됐어.
아빠도 파리에서 비치를 만난 적 있지.

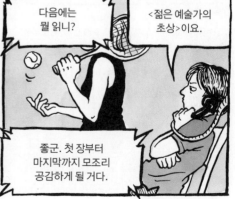

다음에는
뭘 읽니?

<젊은 예술가의
초상>이요.

좋군. 첫 장부터
마지막까지 모조리
공감하게 될 거다.

참. 다음 학기 수업 시간표 짰어요.
인체 소묘, 판화, 러시아 역사,
프랑스어, 철학 입문이에요.

영문학은
안 듣고?

이후 일 년 반 동안
영문학에서 벗어나
자유를 누렸다.
하지만 곧 내 결심을
철회할 수밖에
없었다.

살아 있는 한 영문학 수업은
절대 다시 안 듣겠어요.

1월 계절 학기용
자율 프로그램을
게으르게 짜는 바람에,
강의를 택할 수 있는
폭이 매우
빈약했던 것이다.1)

혹시 그 피할 수 없었던 선택이
신의 간섭은 아니었을까?

아테네 여신이 텔레마코스에게
오랫동안 생이별한 아버지 오디세우스를
찾아보라고 부추긴 것처럼 말이다.

네?

에이버리 교수님?
겨울 학기 수업 들을 수 있는지
여쭤 보러 왔어요.

왜 <율리시스>를
읽으려고 하지?

어… <젊은
예술가의 초상>을
좋아해서요.

1) **제임스 조이스의 <율리시스>**
칼 에이버리 (영문학)
조이스의 <율리시스>를 찬찬히 읽으며 연구한다.
조이스를 좋아하고 <더블린 사람들>과 <젊은
예술가의 초상>을 읽거나 복습할 의향이 있는

사람이라면 누구에게나 열린 강의이다(특히,
1학년 환영). 주 2~3회 낮 또는 저녁에 모임을
갖는다. 영문학 106 또는 그에 준하는 서사 강의를
선행 수강하거나 면제받아야 함. 관심 있는 학생은
급히 사무실로 찾아올 것. 수강 인원 제한 : 12명

나는 아무 영문학 수업이 아니라 하필이면 아버지가 가장 사랑하는 작품을
제발 공부하게 해 주십사, 하고 교수님께 청하고 있었다.

(삽화) 아테네의 강림, 존 플랙스먼

1학년 이후로는
문학 수업을 듣지 않았다고요?

THE DESCENT OF MINERVA

JOHN FLAXMAN

네. 그래도
독서는 쭉 했어요.

그럼 좋아요. 수업 들어가기 전에 <젊은 예술가의 초상>이랑
<더블린 사람들>만 복습하고 와요.

희한하게도
에이버리 교수와
면담한 날은
캠퍼스 서점에서
내가 레즈비언이란 걸
퍼뜩 깨달은
그날이었다.

아닌 게 아니라 그날부터 내 오디세이도 시작됐다. 여러 에피소드를 겪으면서
나아가 끝내 '뭔가에 정신이 팔려 주변을 살피지 못한' 아버지에게로 이어진다는 점에서
원작 못지않게 장대한 대서사시였다.

(책 표지) 오디세이, 호머

크리스마스는 집에서 보냈다. 아버지가 <율리시스> 소식에 반색해서 나는 조금 짜증이 났다.

자, 이 책 가져가. 대학 때 봤던 거야.

그래도 아버지 관심을 받는 건 반가웠다.

필기해도 돼요?

여기 <더블린 사람들>도 있다. 처음 세 가지 이야기는 <젊은 예술가의 초상>의 습작이라 할 수 있지.

간접적인 관심이라곤 해도 그리웠던 것이다. 나도.

아, <망자>도 있어. <망자>는 꼭 읽어봐야 돼. 최소한 마지막 단락만이라도.

알았어요.

불현듯 애정이 솟아올라 아버지가 듣고 싶을 만한 말을 골랐다.

어, 그럼 이번 주말엔 뭘 읽을까요?

흠. 생각 좀 해 보고.

신남

<오디세이>의 정교한 뒷이야기인 트로이 전쟁을 흔히 헬레나가 불러온 재앙이라 여긴다.

하지만 파리스가 나타나지 않았다면 애당초 헬레네가 달아날 일도 없었다.

내 오디세이에서도 파리(Paris)가 꼬드겼다.
내 경우에는 프랑스 파리였지만. (책 표지) 지상 낙원, 콜레트

그 책을 이해하려면
20세기 파리를 알아야 해.

정향 담배

내가 레즈비언이라는 '돌연한 깨달음', 조이스 식으로 말하면 '에피파니'를 아직까지 털어놓지
않았던 때였다. 그래서 아버지가 하필이면 그 책을 골라 줬다는 사실이 흥미로웠다.[1]

...ated, her name was repeated in the midst of a subdued and almost subterranean tumult, was heard especially in the friendly little dives, the tiny, neighborhood cinemas frequented by groups of her women friends—basement rooms a... ranged as restaurants, dim, and blue with tobacco smoke. There we... also a cellar in Montmartre that welcomed these uneasy women haunted by their own solitude, who felt safe within the low-ceil... inged room beneath the eye of a frank proprietress who shared their predilections, while an unctuous and authentic cheese fondue sput... ...ered and the loud contralto of an artiste one...

아버지와 책에 대한 얘기를 더 나누진 않았다. 이듬해 1월에 나는 콜레트의
책을 학교로 가져와서 점점 쌓여만 가는 책 더미 위에 올려놨다.

그 책들을
독서 자습 계획으로
제출하는
미래지향적
안목이 있었다면
좋았을 텐데.

'동성애에 관한
역사적·동시대적 고찰'
주제가 꽤 그럴싸하게
들리지 않는가.

(책 표지) 레즈비언 여성 / 올란도, 버지니아 울프 / 루비프루트 정글 / 고독의 우물 / 마음의 사막 / 세실 비튼의 일기 / 동성애 매트릭스, C. R. 트립

1) 여자의 이름은 조명이 은은하고 대부분 지하에
있는 소란스러운 곳으로 전해졌다. 특히 작고
친근한 싸구려 술집, 친한 사람들이 즐겨 찾는
조그만 동네 영화관, 식당으로 쓰이는 어둑하고
담배 연기가 푸르스름하게 채우는 지하실에서
자주 들렸다. 몽마르트르에는 스스로의 고독에
짓눌려 편히 쉴 수 없는 이들을 기꺼이 환영하는
지하실도 있었다. 그들은 천장 낮은 방에서
자신들과 같은 기호를 공유하는 이 솔직한
여주인의 눈길을 받으며 안전하다고 느꼈다.

하지만 아아, 애석하게도 내 앞엔 768페이지짜리 <율리시스>가 끝을 알 수 없는 미지의
바다처럼 펼쳐져 있었다. 수강생들은 에이버리 교수님댁 거실에 모였다.

자, <율리시스>는
<오디세이>처럼 초반부
세 개의 장이 아들의
시점으로 서술됩니다. 바로
<젊은 예술가의 초상>의
스티븐 디덜러스
말입니다.

등을 다친 에이버리 교수님은 소파에 비스듬히 누워 수업했다.
마치 젊은 텔레마코스에게 조언해 줬던 수다쟁이 현자 네스토르처럼.

조이스가 부성이라는 주제에 집중했다면,
왜 스티븐과 진짜 아버지가 아니라
서로에게 이방인이며 타인인
스티븐과 블룸 이야기를 썼을까?

그러면 너무
쉬우니까요.

블룸은 스티븐의
정신적인 아버지
같은 존재니까요.

내게 문학 비평은 여전히 미심쩍은 활동이었다.

스티븐과 블룸도
오디세우스와 마찬가지로 추방자지.
스티븐은 예술가이고,
블룸은 유대인이라서.

또 오디세우스가
십 년 만에 귀향한 것처럼
블룸이 아내와 섹스한 지도
십 년이 지났죠.

어차피
<율리시스>가
<오디세이>를
기반으로 쓴
작품이란 걸
알고 있다면,
굳이 공통점을
일일이
늘어놓으며
읽을 필요가
있을까?

아니, 그럴지도. 호메로스란 실마리마저
없으면 이 책을 따라가기가 훨씬 힘들 테니.

이걸 두고 마법에 홀렸다고 한다면
홀리는 것도 꽤 괜찮은 감각이었다.

콜레트의 필력은 따라올 사람이 없어요.
이 사람은 손에 쥔 복숭아의 감촉까지도
육감적으로 묘사하거든요. 남자들은 오직
여자 가슴을 묘사할 때만 이렇게 쓰죠.

(책 표지) 스티븐스 부인 인어의 노래를 듣다, 메이 사톤

그 무렵 나는 조이스의 방황을
쭉 견딜 인내심이 없었다.
나만의 오디세이가 날 유혹하고 있었다.

(책 표지) 레즈비언 국가, 질 존스턴 / 루비프루트 정글 / 우리가 사랑할 권리 / 모리스 / 동성애

한 세이렌이 또 다른 세이렌에게, 책과 책 사이를
오가며 날 이끌었다.

(책 표지) 레즈비언 국가

…경이로운 과대망상 정신에 힘입어,
나는 1970년 7월 1일 <빌리지 보이스> 지에
공개적으로 커밍아웃했다. 칼럼 제목은
<순수하고도 일탈적인 정열에 부쳐>. 콜레트의
소설 속 문장을 양가적 마음으로 빌린 제목이다.

나는 다시 콜레트에게 돌아가 관능적인 글을 한껏 누볐다. 오랜 항해에
지친 오디세우스가 나우시카 공주의 돌봄을 받았던 것처럼.

또 <율리시스>의 나우시카인 거티 맥도웰이 블룸에게 그랬듯,
콜레트는 내게 자위에 좋은 재료도 제공해 줬다.

물론 성욕이 싹 달아나게
만들 때도 있기는 했다.

농염하고 섬세한 필치로 열일곱 살 난 푸줏간 소년을 묘사하다가…1)

decked out in a dress of black Chantilly lace over pale blue silk, his
face sulky beneath a wide lace hat, as uncouth as a country wench
in need of a husband, his cheeks plump and fresh as nectarines

…다음 순간, 변함없이 농염하고 섬세한 필치로, 소년이 자살했다고 설명하는 식이었다.2)

He shattered with a revolver bullet his pretty, pouting mouth, his low
forehead beneath kinky hair, his anxious and timid little bright blue eyes.

<율리시스> 진도는
나날이 처졌다.

수업에는 착실하게 나갔지만.

여러분 중에 가톨릭 신자가 있다면
이타카* 장(章)의 서술 기법을 알아보겠지.

그럴 리가요.

가장 단순한
상호간 형식으로
요약했을 때,
블룸에 대한 스티븐의
생각에 대한 블룸의 생각과,
스티븐에 대한 블룸의
생각에 대한 스티븐의
생각에 대한 블룸의
생각은 어떠했나?

그는 그가 그를 유태인이라고
여긴다고 여긴 반면 그가 유태인이
아니라는 걸 그가 안다는 걸
그도 안다는 걸 그도 알았다.

---

1) 까만 상티이 레이스가 달린 푸르스름한 실크
   드레스를 입었고 레이스로 만든 넓은 챙 모자
   아래로는 뚱한 얼굴을 하고 있었는데, 배필을
   구할 때가 된 시골 처자처럼 무뚝뚝했지만
   토실한 두 뺨은 천도복숭아처럼 싱그러웠다.
2) 소년은 방아쇠를 당겨 예쁘게 샐쭉거리던
   입술을, 곱슬머리로 덮인 좁은 이마를, 겁에
   질려 불안에 떨던 작고 파랗게 반짝이는
   눈동자를 산산이 부서뜨렸다.
* ithaca. <율리시스> 17장 이타카 장은
   스티븐과 블룸이 집에 돌아온 후의 내용이며
   독특한 문답 형으로 서술되어 있음.

자, "누가 당신을 창조했지요? 하느님입니다." 뭐가 떠오르나?

교리문답이요!

바로 그거야. 한데 교리 문답에 대한 과학적인 답변은 자세히 나오는데 말이지. 블룸과 스티븐의 우연한 만남에 대해서는 구체적으로 나오던가? 둘은 교감했나?3)

> What did each do at the door of egress?
> Bloom set the candlestick on the floor. Stephen put the hat on his head.
>
> For what creature was the door of e...
> For a cat.
>
> What specie... confront...
> [682]

알 턱이 있나. 1월 학기가 끝난 뒤에도 <율리시스>는 200쪽이나 남아 있었다.

하지만 로토스를 먹고 멍해진 오디세우스의 부하들처럼 서둘러야겠다는 의욕이 생기지 않았다.

(책 표지) 버지니아 울프 서간집

The Letters of VIRGINIA WOOLF

<율리시스> 구두시험을 봐야 했건만, 나는 정규 학기가 시작될 때까지 에이버리 교수님을 찾아가지 않았다.

235
GAY
UNION

그보다 먼저 통과해야 할 더 무시무시한 시험이 놓여 있었다. 바로 지하 세계로 내려가는 것.

(문) 게이 연합

3) 그들은 나가는 문 앞에서 각자 무엇을 했나?
   블룸은 촛대를 바닥에 뒀다. 스티븐은 모자를 머리에 썼다.
   나가는 문은 어떤 동물에게 들어오는 문이 되었나?
   고양이.

지하 세계치고 분위기가 상냥하고 조명이 밝았지만, 오디세우스가 저승으로
항해할 때도 내가 그 방에 들어갈 만큼 떨리진 않았을 것이다.

(포스터) 아마존을 기리다, 중서부 통합 레즈비언 컨퍼런스

또 오디세우스는 지하에서 지도를 받은 뒤에도 나만큼 급변하진 않았다. 모임에 참석하고
일주일 만에 '전설적인 원정(quest)'은 눈 깜짝할 사이 공공연한 것으로 바뀌었다.

나 레즈야.

멋지다!
친구들한테
말해도 될까?

룸메이트

부모님이 내 편지를 받은 날은
내가 <율리시스> 시험을 보러 가서
헛소리 대잔치만 하고 왔던 날이다.

그날 저녁 아버지한테서 전화가 왔다.
만약 이 중대한 순간에 아버지가 자기도
동성애자임을 밝혔다면 그 기묘하게 뚱쟁이 같던
어조의 의미를 분명하게 이해했을 텐데.

어, 블룸은 그의
정신적 아버지
같은 거잖아요?

적어도
넌 인간적이구나.
누구나 한번은
탐색해 봐야지.

아버지와 내 길은 교차됐지만 겹치진
않았다. 국립 도서관에서 스티븐과 블룸이
엇갈렸던 것처럼.

그로부터 삼 주 뒤에 어머니가
엄청난 비밀을 털어놨다.

아직 나 자신의 퀴어 정체성에도
닻을 내리지 못했건만, 아버지의 비밀이
내 조각배를 뒤흔들었다.

다음날 아버지가 보내온 편지는
나를 더 혼란 속에 빠트렸다.

아버지는 나한테 비밀을 털어놓는 대신, 내가 벌써 다 알고 있을 거라 가정하는 소설적
접근법을 택했다. 정작 나는 아버지가 편지를 쓸 당시까지 진실을 몰랐는데도 말이다.[1]

Helen just seems to be suggesting that you keep your
options open. I tend to go along with that but probably
for different reasons. Of course, it seems like a cop out.
But then, who are cop outs for? Taking sides is rahther
heroic, and I am not a hero. What is really worth it?

There've been a few times I thought I might have preferred
to take a stand. But I never really considered it when I
was young. In fact, I don't htink I ever considered it
till I was over thirty. let's face it things do look
different then. At forty-three I find it hard to see
advantages even if I had done so when I was young.

[1] 네 엄마는 네가 선택을 열어 두길 바라는 것 같구나. 나도 그 입장에 동의하는데, 아마도 이유는 다를 거다. 물론 핑계처럼 들릴 테지만 누구를 위해서 그러냐? 입장을 두둔하는 건 영웅적인 행동이라고 할 수 있지. 하지만 나는 영웅이 아니야. 그렇다고 무슨 소용이 있겠어? 몇 번인가, 나도 앞으로 나설 걸 그랬나 싶은 순간들이 있었단다. 하지만 젊었을 땐 진지하게 고려해 본 적이 없어. 사실 서른 전에는 아예 생각해 본 적도 없었고. 그때는 세상이 지금과 달랐던 게 사실이지 않냐. 마흔셋이 된 지금에 와선 젊을 때 그랬다고 해도 뭔가 좀 나아졌을 거라고 생각하기가 어렵다.

가장 단순한 상호간 형식으로 요약했을 때, 아버지에 대한
나의 생각에 대한 아버지의 생각과 나에 대한 아버지의 생각에 대한
나의 생각에 대한 아버지의 생각은 어땠을까?*

안녕!

어… 안녕?

동지끼리 같은
테이블에서 먹자.

새로 사귄 동료들

아버지는 내가 아버지를 퀴어라고 여긴다고 여겼다. 반면 나 역시 퀴어란 걸
아버지가 안다는 걸 내가 안다는 걸 아버지도 알았다.1)

I'll admit that I have been somewhat envious of the "new" freedom (?) that appears on campuses today. In the fifties it was not even considered an option. It's hard to believe that just as it's hard to believe that I saw Colored and Whites on drinking fountains in Florida in elementary school. Yes, my world was quite limited. You know I was never even in New York until I was about twenty. But even seeing it then was not quite a revelation. There was not much in the Village that I hadn't known in Beech Creek. In New York you could see and mention it but elsewhere it was not seen or mentioned. It was rather simple.

* <율리시스> 이타카 장의 문답식 문장.
1) 인정해야겠다. 요즘 대학 캠퍼스에
   나타난 '새로운' 자유(?)가 조금 샘났단다.
   50년대에는 꿈에도 상상할 수 없었던
   일이지. 플로리다 초등학교에서 백인 학생과

유색인종 학생이 같은 물을 받아 마시는
모습을 봤을 때만큼이나 믿기 어려워. 그래,
내 세계는 아주 좁았지. 너도 여알다시피
내가 뉴욕에 발을 들인 것도 스무 살 때니까.
하지만 뉴욕에서 봤을 때도 딱히 새로운

발견은 아니었어. 그리니치 빌리지에서
알 수 있는 건 비치 크리크에서도 알고
있었어. 뉴욕에선 볼 수도 말할 수도 있지만
다른 곳에선 보이지도 않고 언급해서도
안 됐지. 단순했어.

거친 바다를 표류하고 있었지만, 내가 가야 할 항로는 분명했다. 퀴어 동료들의 스킬라, 아니면 가족의 파도가 소용돌이치는 카리브디스.** 그 사이에 있었다.

** Between Scylla and Charybdis. 이러지도
   저러지도 못하는 상황을 가리키는 관용어.
   오디세우스는 항로에서 스킬라와 카리브디스
   중 하나를 골라야 하는 선택의 기로에 섰는데

스킬라(Scylla)는 바다에 사는 여성 괴물을,
카리브디스(Charybdis)는 휘말리면 배가
통째로 가라앉을 위험이 있는 소용돌이를
칭했음.

나는 훨씬 안전해 보이는 스킬라 쪽으로 뱃머리를 돌렸다.
물길을 따라가자 좀 얼떨떨하긴 했지만 이내 새로운 해안에 다다랐다.

(옷) 레즈비언 테러리스트
(피켓) 내 몸에 너네 신 묻히지 마라

(극성스런 포비아
기독교인들에게 맞서 벌인
최근 일인시위의 흔적)

오디세우스가 키클롭스*의 섬에 올랐던 때처럼,
나는 나 자신이 '인간의 법칙도 신의 법칙도
통하지 않는, 무시무시하고 강력한 존재'와
마주했음을 알았다.

나는 영웅답게, 두려웠던
대상을 향해 똑바로 나아갔다.

하지만 오디세우스가
폴리페모스의 동굴을 탈출하려고
필사적으로 꾀를 짜낸 반면,
나는 동굴에서 영영 머물러도 좋았다.

* 그리스 신화에 나오는 사람을 잡아먹는
  외눈박이 거인족.

조안은 선견지명이 있는 시인이자
운동가였고 진짜 키클롭스였다.

유리 눈알이야.

와.

조안은 어릴 때 사고로 한쪽 눈을
잃었는데, 오디세우스가 폴리페모스를
실명하게 한 방식과 아주 비슷했다.

어떤 남자애가 접착 고무판이 떨어진 장난감
화살을 쐈거든.

헐. 미친.

방학 땐
뭐할 거야?

집에 가야겠지.
커밍아웃하고 나서 처음으로
부모님 만나는 거야.

어찌 보든 개선장군의 귀환과는
거리가 멀었다. 집은, 지금껏
내가 알던 우리 집이 아니었다.

헐. 분위기
요상할까?

응.

언젠가 흰개미가 우리 집 마룻바닥을 다 갉아먹는 꿈을 꾼 적 있는데,
마치 그 꿈처럼 우리 집에 뭔가 중요한 구조물이 빠진 것 같았다.

더그네
집에 갈게요.

고인 대면식이
있어서 나간다.

전 스카우트
회의.

어머니는 날 붙들고 속사정을 털어놨다.

뉴욕 갔을 때 네 아빠 한밤중에 외출했어.
한번은 몸에 이를 옮겨 왔지! 하지만
그냥… 그… 불륜 때문만도 아니야.
좀도둑질에, 속도위반 딱지에, 거짓말에,
성질머리까지.

이라고?

오디세우스를 기다린 페넬로페처럼 어머니는 남편이 거의 없는 것이나
다름없는 상태로 20년 넘게 가정을 꾸려 왔던 것이다.

요리해서 바치는 것도,
이놈의 박물관 청소도,
아주 넌더리가 난다.

도둑질을
했다고?!

아파트 정도는 당장 구할 수
있어. 심리학자란 간판도 있고.

이야기 자체도 충격이지만, 어머니가 성인 대 성인으로 나한테 그런 이야길 꺼낸 것이 처음이었다.

어떤 장엄함마저 느껴지는 순간이었다.

더는 못 참겠어. 이 집은 화약고야.

엄만 할 만큼 하셨어요. 이젠 원하는 대로 사셔도 돼요.

방학 내내 나는 매일 같이 근처의 대학 도서관으로 피신했다.

아아.

예술 철학 과제를 써야 했지만, 이번에도 세이렌이 날 유혹했다.

케이트 밀레트는 현대판 콜레트 같았다. 다만 난잡한 귀족들이 아닌 개념 예술가와 급진적 페미니스트들에 대한 책이었다.

확 튀는 은색 바탕에 핫핑크 표지

(책 표지) 케이트 밀레트, 비행

결국 책을 빌려왔다. 무지막지한 전개 속도와 유명 인사들을 거침없이 끌어다 쓴 대담함에
끌린 것이다. 런던 술집에서 질 존스턴을 만난 장면만 해도 그랬다.[1]

Jill sits across from me saying there is not enough opportunity for heroism over here. I am late coming into this mean old bar full of Americans. Too early for a martini but I have one anyway. Jill is eating a sandwich. Heroism is suspect, I say. She frankly wants to be heroic. "Admit it, you do too," she says. I do sometimes. Not now. Now it just seems deluded. Because she has said it out loud.

은 식기 닦을 건데
좀 도와주렴.

줄곧 아버지와 둘만 있을 시간을 기다려 왔다.
용기를 쥐어짜낸 난 그 주제에 대해 말을 건넸다.

말을 꺼낼 생각만 했지, 어떻게 이어갈지는
미처 대비를 못했다.

교내 게이 단체가
<광란자(Cruising)>라는 영화에
항의하는 중이에요.

왜?

어… 글쎄요. 안 좋은
스테레오타입을
만들어서 아닐까요?

1) 질은 맞은편에 앉아 이곳에선 영웅심을 떨칠
기회가 별로 없다고 말한다. 나는 미국인들이
바글바글한 이 누추한 술집에 드나든 지 얼마
안 됐다. 이른 시간이지만 마티니를 한 잔
한다. 질은 샌드위치를 먹고 있다. 영웅심이라,

믿음이 안 가는데, 하고 내가 말한다. 질은
노골적으로 영웅이 되고 싶어 했다. "당신도
그렇잖아? 인정해." 질이 말했다. 나도 그럴 때가
있긴 하다. 지금은 아니다. 지금은 기만적으로
들린다. 질이 큰소리로 말해 버렸기 때문이다.

거참!

나는 곧 이야기를 접었다. 아버지가 비웃은 탓도 있겠지만,
그보다는 아버지 눈빛에 담긴 두려움을 엿봤기 때문이다.

그 주 주말에는 둘이서
영화를 보러 나섰다.

나는 한 번 더 얘길 꺼내려고 마음먹었다.

＜광부의 딸＞
볼까?

그래요.

The EXPRESS

KATE MILLETT

신호등에서 하자. 초록불로
바뀌면 말을 하는 거야.

영화는 좋았다. 로레타 린이 애팔래치아 광산 마을을 떠나 인기 컨트리 가수로 성장하는 이야기다.

과연 얼마 못 가 딸이 고향으로
돌아오기 전에 아버지는 탄폐증에
걸려 죽는다.

영화 속 부녀와 달리 아버지와 나는
그날이 마지막은 아니었다. 하지만 우리가 함께
공유한 '성향'에 대해 다시는 말하지 않았다.

> Did Bloom discover common factors of similarity between
> their respective like and unlike reactions to experience?
> Both were sensitive to artistic impressions musical in prefer-
> _____ preferred a continental to an
> _____ tic to a transatlantic place of
> _____ rly domestic training and an
> _____ resistance professed their dis-
> _____ us, national, social and ethical
> doctrines. Both admitted the alternately stimulating and ob-
> tunding influence of heterosexual magnetism.

아버지와 나의
이타카* 시간은 그렇게 지나갔다.1)

obtunding?
둔감?

---

* 이타카는 오디세우스의 고향이자
  오디세우스와 텔레마코스가 재회하는 장소.
  여기서 이타카 시간은 <율리시스>에서
  블룸과 스티븐이 미적지근한 코코아를
  홀짝이던 시간을 가리킴.

1) 블룸은 경험에 대해 두 사람이 보인 비슷한

반응과 상이한 반응의 유사성에서 공통
요소들을 발견했는가? 두 사람 모두 조형이나
회화보다 음악에, 예술적인 인상에 더
민감했다. 두 사람 모두 섬보다는 대륙의
생활양식을, 대서양 저편보다는 대서양 이편에
거주하는 것을 선호했다. 두 사람 모두 어린

시절부터 가정교육을 받고 완강한 이단적
저항 의식을 물려받았기에 정통적인 종교,
국가, 사회, 윤리의 원칙 대부분에 불신을
갖고 있음을 표명했다. 두 사람 모두 이성의
끌림이 자극을 주기도, 둔감하게 만들기도
함을 인정했다.

물론 우리가 선택한 건 자극을 주기도, 둔감하게 만들기도 하는 '동성'의 끌림이었지만.

영화가 끝나고 아버지는 동네에서 악명 높은 나이트클럽에 날 데려갔다. 앞은 토플리스 클럽, 뒤는 게이 바인 곳이었다.

블룸과 스티븐이 밤거리를 헤매다가 밤늦게 업소에서 술잔을 기울였을 때처럼, 우리만의 키르케** 시간이 될 수 있었다.

신분증이요.

제가 얘 아빠인데요.

21살부터 됩니다.

적어도 돌이킬 때 기이하고 재미난 이야깃거리가 되었을 것이다.

하지만 우리는 망신을 당하고 굳게 입을 다문 채 집으로 왔다.

** circe. 키르케. <율리시스>에서 가장 몽환적인 환상, 술에 취한 환각 상태, 가족 관계에서의 무의식적인 욕망과 마법적인 순간들이 구현된 장(章)임. <오디세이>에 나오는 마녀의 이름이기도 함.

나는 학교로 돌아왔다.

며칠 뒤 아버지한테서 편지가 왔다.

난 케이트 밀레트와 '비행'하고 있어. 네가 돌아간 날부터 읽기 시작했지. 흡입력이 굉장하구나. 이 작가 간도 크지.

나는 아버지가 책을 도서관에 대신 반납하도록 <비행>을 두고 왔다. 아버지가 내게 마치 트로이의 목마처럼 콜레트 책을 선물했듯 무의식적이지만 깊은 의미가 담긴 행동이었다.[1]

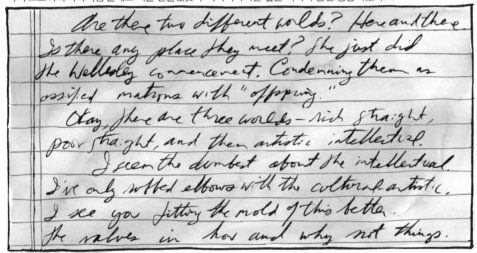

밀레트의 철학이 나를 지금껏 예속해 온 철학보다 맘에 든다. 하지만 한 발은 아직 문 안쪽에 걸쳐 놓고 있어. 사실 지금은 어중간한 상태다. 그러니까… 아, 망할. 무슨 말을 하는지 나도 모르겠군.

[1] 이편과 저편, 서로 다른 두 세계가 정말로 존재하는 걸까? 두 세계가 만나는 지점은 없을까? 신이 이 세상을 그렇게 창조했지. 출산의 고통을 안겨 주면서.

좋아, 세상은 세 가지로 나뉜다. 부유한 이성애자들의 세상, 가난한 이성애자들의 세상, 그리고 예술적 재능을 가진 지식인들의 세상. 난 지식인이 되지 못할까 두려워했지. 내겐

예술성밖에 허락되지 않았어. 넌 나보다 잘 대처하는 것 같다. 사물 자체가 아니라 이유와 방법에 파고드니 말이다. (이 편지는 내용을 분명하게 파악하기 힘든 필기체로 쓰인 — 여자)

학기가 끝나고 조안을 집에 데려갔다.
애인이라고 소개하진 않았다.

그 며칠이 내가 목격한 아버지의 마지막 순간이다.

우리들이 집에서 보낸 마지막 날 저녁, 친한 이웃 아저씨도 놀러 왔다.
아저씨는 아버지와 내가 친밀하게 어울리는 모습을 보고 감탄하며 조안한테 이렇게 말했다고 한다.

맞다. 드물게 친밀했다.
그래도 충분하진 않았다.

<율리시스>에는 블룸이 친구 장례식장에 가려고
스티븐의 아버지를 비롯한 몇몇 남자들과 마차를 타는 장면이 나온다.

The carriage climbed more slowly the hill of Rutland square.
Rattle his bones. Over the stones. Only a pauper. Nobody owns.
— In the midst of life, Martin Cunningham said.
— But the worst of all, Mr Power said, is the man who takes
his own life.
Martin Cunningham drew out [his watch]
and put it back.
— The greatest disgrace to hav[e]
added.
— Temporary insanity, of cours[e]
decisively. We must take a charitable view of it.
— They say a man who does it is a coward, Mr Dedalus said.
— It is not for us to judge, Martin Cunningham said.
Mr Bloom, about to speak, closed his lips again. Martin Cun-
ningham's large eyes. Looking away now. Sympathetic human
man he is. Intelligent. Like Shakespeare's face. Always a good
word to say. They have no mercy on that here or infanticide.
Refuse christian burial. They used to drive a stake of wood
through his heart in the grave. As if it wasn't broken already.

블룸은 파워 씨의
무신경한 말을 들으면서
문득 자기 아버지의
죽음을 떠올린다.1)

(블룸의
아버지—
자살)

(Bloom's
father—
suicide)

루돌프 블룸은 개명 전 성이 '비라그'로
반유대주의가 팽배한 더블린 생활에
아들만큼 유연하게 적응하지 못했다.

결국 루돌프는 뭔가를 과다 복용하고
죽었다. 그래도 편지 한 통은 남겼다.
"내 아들 레오폴드에게."

1) 마차는 러틀랜드 광장의 언덕을 더 느리게
올라갔다. 뼈가 달그락거리지. 자갈 위를 밟으며.
가난뱅이일 뿐이야. 아무도 찾지 않네.
— 한창 나이인데, 마틴 커닝엄이 말했다.
— 하지만 최악은 자기 목숨을 스스로 끊는다는
거야, 파워 씨가 말했다.
마틴 커닝엄은 기운차게 시계를 꺼냈다가
기침 소리를 내며 도로 집어넣었다.

— 집안 수치도 그런 수치가 없다니까,
파워 씨가 덧붙여 말했다.
— 그야 순간적으로 이성을 잃어서 그런 거지,
너그러운 눈으로 봐 줘야 해, 마틴 커닝엄이
단호한 말투로 말했다.
— 자살하는 사람은 겁쟁이라던데, 디덜러스
씨가 말했다.
— 우리가 재단할 일이 아닐세, 마틴 커닝엄이

말했다.
블룸 씨는 입을 열려다가 다시 다물었다. 마틴 커닝엄의
커다란 눈을 피했다. 동정심 많은 사람. 총명했다.
얼굴이 셰익스피어를 닮았다. 언제나 좋은 말을 할 줄
알았다. 이곳에서는 영아살해나 그것에 인정을 베풀지
않는다. 기독교식 매장도 거부한다. 예전에는 심장이
있을 위치를 가늠해 무덤 위로 말뚝을 박았다고 한다.
마치 그 심장이 온전히 남아 있기라도 한 것처럼.

아버지는 유서를 남기지 않았다. 장례식이 끝나자 삶은 원래의 궤도를 거의 되찾았다.
흔히 슬픔은 다양한 형태로 나타난다고들 한다. 개중에는 슬픔의 부재도 있다.

한때 아버지가 어머니에게 보낸 연애편지 중에,
어머니가 편지에 쓴 내용을 제임스 조이스의 문장과 비교하며 칭찬한 적이 있다.2)

2) 지난번에 보내 준 첫 장은 조이스보다 잘
   썼어. 조이스 문장 중에 "그인 눈빛으로
   부탁했어.(He asked me with his eyes.)"를
   제외하고 말이야. 그건 인류 역사상 최고의
   명문장이니까. 그치?

down in their little bit of a shop and Ronda with the old
windows of the posadas glancing eyes a lattice hid for her lover
_____ half open at night and the
_____ the boat at Algeciras the
_____ is lamp and O that awful
_____ ea crimson sometimes like
_____ e figtrees in the Alameda
_____ streets and pink and blue
_____ ns and the jessamine and
_____ ar as a girl where I was a
_____ put the rose in my hair
like the Andalusian girls used or shall I wear a red yes and how
he kissed me under the Moorish wall and I thought well as
well him as another and then I asked him with my eyes to ask
again yes and then he asked me would I yes to say yes my
_____ t my arms around him yes and
_____ uld feel my breasts all perfume
_____ mad and yes I said yes I will Yes.

아버지의 편지에는 허점이 있다.
조이스의 문장에서 눈빛으로 부탁한 사람은
블룸이 아닌 아내 몰리였다.

조이스의 장황하고
생의 욕망으로 충만한 '긍정(yes)'의 글을
그리 열렬히 흠모했으면서,
어떻게 정작 본인의 삶은
'부정(no)'할 수 있었을까?

한평생 자신의 성적 진실을
숨기며 살다 보면 체념과 포기가
켜켜이 쌓이는지도 모르겠다.
성적 수치심이란 본질적으로 죽음과
맞닿아 있다.

물론, <율리시스>도 글에 담긴 정직성을
음란하다 여긴 사람들 때문에 수년에 걸쳐 금서로
지정된 바 있다.1)

Trieste-Zurich-Paris, 1914-1921.

[THE END]

---

1) 론다에 있는 여관의 낡은 창문과 격자무늬
창살에 숨겨진 흘깃거리는 여인의 두 눈과
쇠창살에 입 맞춰야 하는 그녀의 연인과
야간에는 반만 열린 포도주 가게와 캐스터네츠와
우리가 알헤시라스에서 배를 놓친 밤 등을 들고
조용히 순찰을 나가던 파수꾼과 아 그 몹시도
깊었던 급류와 아 바다 때때로 진홍빛으로
불타던 그 바다와 찬란했던 저녁놀과 알라메다

식물원에 있던 무화과나무와 **그래** 기이했던
작은 거리들과 분홍색 파란색 노란색 집들과
장미원과 재스민과 제라늄과 선인장과
지브롤터 소녀 시절 내가 산꽃 같았던 곳 그래
안달루시아 소녀들처럼 머리에 장미를 꽂았지
아니면 붉은 꽃으로 달까 봐 **그래** 그리고 그가
무어 성벽 아래서 키스했지 나는 그도 다른
사람만큼 괜찮다고 생각했어 **그래서 나는**

그이에게 눈빛으로 부탁했지(and then I asked
him with my eyes.) 다시 한 번 물어봐 달라고 **그래**
그러자 그가 내게 물었어 그러겠다고 **그래** 그래겠어
나의 산꽃이라고 그래서 먼저 **그이에게 팔을 두르고**
그럴지 내게로 끌어당겼어 내 가슴과 향수 냄새를
가득 느낄 수 있도록 그래 그이의 심장은 미친 듯이
뛰고 있었고 **응** 나는 그러겠다 했어 **그렇게 할게 응.**
트리에스테-취리히-파리, 1914-1921. [끝]

내가 가진 모던 라이브러리
시리즈 머리말에는
1933년에 <율리시스>
금서 지정을 해제한 판사의
판결문이 소개되어 있다.

<율리시스>의 출판 역사를
상세하게 기술하고 있는,
조이스가 랜덤 하우스에 보낸
편지 내용도 함께 실렸다.

조이스는 편지에서 잡지 <리틀 리뷰>에
<율리시스> 일부를 게재했다는 죄로 기소된
마거릿 앤더슨과 제인 히프의 일을 언급하고 있다.

덧붙여 위험을 무릅쓰며 아무도 손대려 하지 않았던
원고를 출판한 실비아 비치에게도 감사의 뜻을 전한다.

이들 세 여성과 더불어 <율리시스>의 프랑스
판본을 출판한 실비아의 연인 아드리엔느
모니에까지 모두 레즈비언이라는 사실은 어쩌면
그저 우연의 일치일 수 있다.

그 장을 이해하려면
20세기 파리를 알아야 해.

하지만 나는 그들이 레즈비언이었기에,
<율리시스>의 편을 들어주지 않았나 싶다.
그들은 '성적 진실'이 무엇인지
잘 알고 있었으니까.

'성적 진실'은
사실상 광범위한
개념이다.

아버지의
성적 진실이
무엇이었는지,
내가 함부로
아는 척해서는
안 된다.

아버지가 양성애자 혹은 다른 퀴어가 아니라 나와 같은 '동성애자(Gay)'라고
주장하는 것은 아버지를 내 안에 간직하는 한 방식일 뿐일지도 모르겠다.
아마 뒤바뀐 오이디푸스 콤플렉스의 일종일 것이다.

아버지가 보내온, 나한테 커밍아웃하는 동시에 벽장 안에서 머뭇하는 편지를 떠올려 본다.1)

Helen just seems to be suggesting that you keep your
options open. I tend to go along with that but probably
for different reasons. Of course, it seems like a cop out.
But then, who are cop outs for? Taking sides is rather
heroic, and I am not a hero. What is really worth it?

편지의 구절은 스티븐 디덜러스가 도입부에서 한 말과 똑같다. 소설에서 <율리시스>가
영웅 서사시의 형식을 모방하는 작품이라고 조이스가 귀띔해 주는 부분이다.2)

— A woeful lunatic, Mulligan said. Were you in a funk?
— I was, Stephen said with energy and growing fear. Out here
in the dark with a man I don't know raving and moaning to
himself about shooting a black panther. You saved men from
drowning. I'm not a hero, however. If he stays on here I am off.
Buck Mulligan frowned at the lather on his razorblade. He
hopped down from his perch and began to search his trousers

조이스는
기어이
실비아 비치와의
계약을 파기하고,
거액을 준
랜덤 하우스에
<율리시스>를
팔아넘겼다.

또한 조이스는 비치가 <율리시스>를
발행하느라 진 빚을 갚겠다고 하지 않았다.

1) 네 엄마는 네가 선택을 열어 두길 바라는 것
같구나. 나도 그 입장에 동의하는데, 아마도
이유는 다를 거다. 물론, 핑계처럼 들릴 테지만
누구를 위해서 그러겠니? 입장을 두둔하는 건
영웅적인 행동이라고 할 수 있지. 하지만 **나는
영웅이 아니야.** 그런다고 무슨 소용이 있겠니?

2) — 단단히 미친놈이로군, 멀리건이 말했다.
겁나던가?
— 겁났지, 스티븐은 두려움이 차오르는 듯
열띤 목소리로 말했다. 어둠 속에서 옆에 있는
생판 모르는 남자가 흑표범을 쐈다느니
어쩌느니 혼자 헛소리를 하며 끙끙댔지.

자네는 물에 빠진 사람들을 구했어. 하지만
난 영웅이 아니야. 그 작자가 계속 머무른다면
난 여길 나가겠어.
벅 멀리건은 비누 거품이 묻은 면도날을
보고 인상을 찌푸렸다. 그는 횃대에서 폴짝
뛰어내리더니 황급히 바지 주머니를 뒤졌다.

비치는 이렇게 표현하며 좋게 넘어간다. "아기는
어머니의 것이지, 산파의 것은 아니지 않은가?"

굳이 자식에 비유하면 <율리시스>가
조이스의 실제 자녀들보다 훨씬 사정이 나았다.

조현병

알코올 중독

이조차 <율리시스>의 주제에 부합한다고 가정할 수 있겠다.
중요한 건 육신(肉身)의 부성이 아니라 정신적인 부성이라는 주제 말이다.

둘이 함께 가는 건
그리도 드문 일일까.

만약 이카로스가 바다로 떨어지지 않았다면?
아버지 재능을 물려받아 발명을 했다면?
그는 과연 어떤 작품을 만들어 냈을까?

그렇다. 그는 끝내 바다로 곤두박질쳤다.

하지만 입장이 묘하게 뒤바뀌고 더러는 얽히고설킨 우리의 이야기 안에서
아버지는 내가 뛰어들 때 날 잡아 주려고 거기에 있었다.

펀 홈 : 가족 희비극
FUN HOME : A Family Tragicomic Paperback

2017년 9월 1일 첫판 1쇄 발행
2017년 10월 4일 첫판 2쇄 발행
2018년 10월 16일 첫판 페이퍼백 발행
2023년 6월 19일 첫판 페이퍼백 6쇄 발행

지은이 앨리슨 벡델
옮긴이 이현
편집 노유다
책임편집 나낮잠
디자인 이기준

펴낸 곳
도서출판 움직씨
주소 경기도 고양시 덕양구 세솔로 149, 1608-302 (우편번호 10557)
전화 031·963·2238 팩스 0504·382·3775
이메일 oomzicc@queerbook.co.kr
웹스토어 oomzicc.com 홈페이지 queerbook.co.kr
블로그 oomzicc.com 트위터 twitter.com/oomzicc 인스타그램 instagram.com/oomzicc

제작 북토리
인쇄 한국학술정보(주)

ISBN 979·11·957624·5·3 03840

이 책의 국립중앙도서관 출판예정도서목록(CIP)은
서지정보유통지원시스템 홈페이지(http://seoji.nl.go.kr)와
국가자료공동목록시스템(http://www.nl.go.kr/kolisnet)에서
이용하실 수 있습니다. (CIP제어번호 : CIP2018031149)